絶縁家族 終焉《しゅうえん》のとき

試される
「家族」の絆

橘 さつき

さくら舎

はじめに

広い会場に立派な祭壇が飾られて、誰一人会葬者がいない通夜とお葬式が営まれた。響くのは僧侶による読経《どきょう》だけ。喪主の姿もない。そこには死を悼《いた》む人の姿はなかった。

地方のある町を訪ねたとき、葬儀社で聞いた話が私の心に刻まれた。葬儀の依頼も打ち合わせもすべて電話、支払いも振り込みで葬儀社の人も故人の子である喪主に一度も会うことはなかったという。

「親不孝なことをするね……。そこまで親に復讐《ふくしゅう》をするなんて……」

という言葉がため息とともに聞かれ、喪主を軽蔑する空気がその場に流れた。

「この親子には過去にそれなりの確執があったのだろう。一体何があったのか？」

と私は無言のまま心の中で思った。

会ったこともない、その喪主の気持ちと孤独が私にはとてもわかる気がしたのだ。

「復讐なんかじゃない。きっとそれが親にできる精一杯のことだったのよ」

と心の中で呟いた。

もしも、喪主の気持ちを理解できるなんて正直な気持ちを口にしたら、その場にいた人たちから、私も非情な人間と思われ、人は私を遠ざけたことだろう。

私はただ黙って聞いていた。

家族ほど外から見えないものはない。家族の悲劇は、一見平和そうに見える家のカーテンの奥で起こっているのだ……。誰にも気づかれずに。


私は「家族と葬送」をテーマに取り組んでいるライターである。

研究者や葬祭事業者、宗教者、ジャーナリストが共に集う葬送文化の研究団体である、「日本葬送文化学会」に所属し、タブー視されがちな、問題を抱えた家族とその葬送について日々、取材を重ねている。

日本と世界の葬送文化の移り変わりを学び、報道では知ることが出来ないコロナ禍における葬送事情や問題も知ることができた。


近年における「葬送の簡素化」は、「死者に対する尊厳の軽視」だと危惧する意見をよく聞く。

その原因を「家族関係の希薄化」「家族関係の変容」と一括《くく》りにされるのを聞くたびに疑問を感じ、「家族」だからこそ大変なのだと、その個々の家族の背景を思い浮かべてきた。

どんなに確執を抱えていても、「親子愛神話」で終わる永別を期待される社会の中で、語られない「家族の別れ」がある。

それは今に始まったことではなく、古今東西に共通する親子の普遍的なテーマではないだろうか。私は美化された話よりも、むしろそうした家族の弔いこそ、社会に知ってほしいと考えている。それがまた、「人間というもの」を知ることではないだろうか。

私が「家族と葬送」を考えるきっかけになったのは、26年前に父を亡くした時の経験からだった。

それまでは、親の弔いの時くらいは、子どもは当然揃うものだと思っていた。ドラマに見るように、いくらわだかまりがあったとしても、折り合いをつけて。

それが大人の取るべき行動だと考えていた。

しかし、私の母は一周忌を境に、私が兄や母と一緒に亡父の供養をすることを禁じたのである。まさか実の親の供養の場からはじかれるとは思いもしなかった。

母が私に憎悪を向けた理由は、私が長男の兄には授からない子どもを妊娠したからだった。

両親は自分たちの墓守がいないと嘆いていた。

私が子を産むから、兄に子が授からないという理不尽極まりない「狂気の乱」を起こしたのである。

母の支配は父や兄にまで及び、二人とも私を孤立させることに異議を唱えずに、母に従った。

家族だった人間が尊ぶべき新しい命の誕生に、あからさまな攻撃をしてきたのだ。

そして、三人の子の母になった私に、母は私が子連れで来ると兄が傷つくと、父の供養の場に出ることを禁じたのだった。

「供養の場」をも、家族を分断する場に利用したのである。

私を育ててくれた家族は、私が子どもを産むことで崩壊してしまった。

「生と死」に対して、家族はこんなにも非情になれるものなのか？

老いに向かう親が、自分が育てた我が子の人生を破壊していく心理は何なのか？

血を分けた家族の崩壊と新しい命を育む子育てが同時に始まって30年が経《た》つ。今、私は親子ほど不可解で危険な関係はないと思っている。


私も含めて家族との関係に悩む人にとって、「感謝で送るお葬式」、「大切なご家族のおみくり」という、葬祭業社のキャッチコピーは正直眩《まぶ》しすぎる。

「崩壊した家族の別れ」の取材を重ねてきて、気がつけば7年が過ぎていた。

原因は違っても、同じように家族が壊れ、絶縁している家族に出会った。

世の中には家族関係に苦しんでいても、家族が相手ゆえに助けを求めることもできずにいる人が多くいることがわかった。

語られることのない、家族に苦しみ続けたままの別れがあった。

私自身、なかなか人には言えずに苦しんできた。また勇気を出して話しても、理解されることは少なかった。

そうした人の声を届けることが、今まで苦しんできた人にも、今悩んでいる人にとっても何かの救いにつながることを願って、本書にまとめた。

悲しいのは「死」ではない。生きとし生けるものの命にはすべてに終わりがある。本当に悲しいのは「死を悲しめない家族の関係」なのだと思う。

この本が家族に悩む人たちの苦しみを和らげる一助となれば、幸いである。

目次◆絶縁家族　終焉のとき――試される「家族」の絆

第3章　絶縁の彼方に見たもの

第4章　悩める家族を救うお助け人

第5章　「弔う」ことの意味を求めて

絶縁家族　終焉のとき

——試される「家族」の絆

序章　多くの人が〝家族〟に苦しんでいる

どうにもならない絶縁家族

悲しいことに、多くの人が自分の家族に傷つき、悩み、苦しんでいる。血のつながりがあり、一番身近な存在の家族なのに、どうしてこんなにも、家族とは難しいものなのだろう？

家族をテーマに取材をしていると、実は多くのごく普通の家庭で絶縁関係、疎遠な関係が珍しくないことに驚く。

家族全員とではなく、一部の家族とだけ絶縁している場合だと、外からは気づきにくいものだ。

自分の家庭の事情を打ち明けると、「実は、うちもなの」「えーっ、あなたの家も？　大変よね」と、急に相手の知らなかった家庭の内情が見えてくるのだ。

そうした絶縁関係のまま、家族の死を迎えた場合、どうなるのだろう？　家族から連絡は来るのか来ないのか？　それとも連絡が来ても葬式の参列さえも拒むのだろうか？

いつのまにか家族葬がふつうのような社会になった。

だが、その家族葬でも、現実には実の家族が揃っていないことが珍しくない。

「来られない」というやむを得ない事情ではなく、「来させない」「行かない」といった感情的な理由から。世間の目を気にしなくてすむようになったからだろうか。

親やきょうだいの葬式や法要には、たとえわだかまりがあったとしても、その時くらいは折り合いをつけて家族は集うものだと思っていた。

しかし、聞いてみると親の葬儀にも、納骨にもきょうだいの中で来なかった人がいる事例を時々耳にする。依頼した葬儀社にも、内情が語られることは少ない。

互いに触れられたくない、関わりたくないタブーなのだろう。遠方にいてどうしても来られない、入院中などという理由づけをして、またはいない存在としてごまかされているようだ。

親が子に葬式に出ることを許さない

シンガーソングライターのEPO《エポ》さんも親の死を知らされなかった一人である。EPOさんは1980年代に時代の空気をすくいあげるようなポップな楽曲で、ヒットを連発したアーティストだ。

1983年、資生堂の春のキャンペーン・コマーシャルソングの「う、ふ、ふ、ふ、」や、伝説のバラエティー番組「オレたちひょうきん族」のテーマソング、「DOWN TOWN」でご記憶の方も多いだろう。

彼女は2006年4月号と2019年6月号の『婦人公論』で母親から受けた虐待を公表している。彼女は物心ついた頃から、母から虐待を受けていたという。

父親は彼女には優しかったが、母の前では娘を庇《かば》うことをせずに一緒に攻撃をしたという。3歳年上の兄も見て見ぬふり。音楽界では実力を認められて注目を浴び、明るい曲で人々を魅了した彼女が、意外にも家ではひとり孤立して家族との関係に悩んでいたのだった。

２００６年に婦人公論誌上で母の虐待を公表した時、父は既に他界していたが、80歳の母はまだ健在だった。実母の生前に公表に踏み切ることに、どれだけの勇気が必要だったかと、彼女の決意を感じる。

ＥＰＯさんは自身のオフィシャルページ「ＥＰＯのきまぐれ日記」の中でも、母親との体験を書いている。彼女は母や兄とも絶縁をしていたようだ。

ある時、母がハガキを送ってきた。

それには「自分が死んでも、お前には知らせない。」と書かれてあった。それは初めてのことではなかった。

父親が亡くなった時も、すぐに知らせてもらえず、ようやく出棺に間に合ったという。「栄子（ＥＰＯさんの本名）にだけは知らせるなと、お父さんから言われていたから」というのが母の言葉だった。

そして母親が亡くなったという知らせも、実の家族からすぐにはもらえなかったという。大切な葬儀場の場所も詳細も、彼女には何も知らされなかった。

当然、彼女には四十九日の法要の知らせは来なかった。ＥＰＯさんは沖縄の恩納《おんな》村の海で親しい友人と一緒に、沖縄式にごちそうをお供えし、ウチカビ（天国で使うお金）をたくさん焼いて煙にして、母への供養とお別れをしたという。

親が子に自分の死を知らせない目的は何なのだろう？　自分に背いた子どもに自分の死後も

後悔させる、最期に呪いをかけて逝くのだろうか……。

「人が亡くなると、生前のその人の姿が、みごとなまでに残された人に映し出される」という言葉が彼女の日記にあった。母は境界性パーソナリティ障害だったのではないかとも述べている。

母の異常なパーソナリティが何によるものなのか、当時は情報もなく、他者と共有できる機会もなかったという。

「もしも、あの時、同じような家族を持つ仲間と出会えていたら、母の病的な情動に対し、一人で背負わなくてもよかったのかなと思います」

と日記に彼女の思いが語られていた。

家族間の悩みは他人にはなかなか語れないもの。また話したところで、返される見当違いの言葉に、さらに傷ついてしまうことのほうが多い。

ＥＰＯさんは同じ苦しみを持つ人に体験を役立てたいと、自分を救ってくれた催眠療法を学び、現在はセラピストとしても活動をしている。

囲い込み問題

子が、高齢者の親と他の親族を会わせないトラブルは増えており、「囲い込み」と呼ばれている。訴訟で以下のような判決が下りている。

夫と死別し都内で独居の母親（80）の世話をしていた三女は、母の財産管理を巡り、長女、次女と意見が対立。

長女と次女が母親を連れ出し、三女に会わせることを拒み、居場所も三女には知らせなかった。その間に姉たちは、判断能力が低下した母の利益を代理する任意後見人になっていた。

東京地裁は２０１９年11月、長女らに対して１１０万円を三女に賠償するよう命じる判決を言い渡した。

判決理由で裁判官は「親と面会交流したいという子の素朴な感情や、面会交流の利益は法的保護に値する」とし、合理的な理由なく拒めないと指摘した。

訴訟で長女らは母自身が三女と会うのを嫌がり、会わせれば健康に支障がでることになりかねないと主張。

しかし判決は三女が独自に母の居場所をつかみ、一度だけ面会した際の三女と母の会話内容などに基づいて、母側に会いたくない意向はうかがえないと判断した。

面会が母親の健康に影響を与える根拠はないと長女らの主張を退けたのだ。

こんな事例もある。

両親の財産を処分しようとする長男の動きを察知した長女が、施設にいる親と会おうとしたところ、長男が反対したため、施設が面会を認めなかった。

この事件について、２０１８年６月27日、横浜地方裁判所は「長女と両親との面会を妨害してはならない」という仮処分決定を下した。

この地裁決定は「囲い込み」問題に対する解決の道を開く画期的な判決だと、家族問題の専門家たちは評価している。

親の介護が理由で高齢者と同居している人は数多くいる。

しかし残念なことに、中には、別居している親族を完全に排斥し、判断能力が低下した高齢者の財産を思うままに処分、消費してしまう人もいる。

親族ではない人が行えば、当然、犯罪に問われるべき行為であっても、同居の親族が行っている場合は外部者が問題に介入することは難しいという。

また同居親族に生じる重い介護責任や扶養責任、同居親族の貧困問題も、この「囲い込み問題」を複雑かつ深刻にしているという。

筆者の周りでも似たようなことが起きている。

きょうだいの一人が老母を囲い込み、亡くなったことを他のきょうだいに知らせず、葬儀から納骨まですべて済ませて、遺言執行人としてすべての遺産を売却し、遺留分減殺《げんさい》請求をするかどうかの連絡で初めて親の死を知った人もいた。

こういう事例を聞くと、遺産相続を争う子どもの側だけの問題としか見えてこないが、現実には親が老いに向かう長い間に、どの子に老後を頼ろうかと、あからさまなきょうだい差別をしている場合も少なくない。

頼りにしている子に見捨てられないように、他の子どもには辛《つら》くあたることもある。また結婚などで、長男の嫁が気にいらなければ、手のひらを返して娘や次男に乗り換えようとする親。

息子の嫁とは折り合いが悪く、さんざん娘夫婦の世話になりながら、嫁いだ娘に財産を渡すよりも、やはり長男にと遺言を遺す親もいる。

相続で揉《も》める原因も、決して子どもだけではなく、親のほうにも問題があることを付け加えておきたい。

次章から、これまで私が取材した約１００例の家族の中でも、最も象徴的で、印象に残っている８つの家族の実話を紹介していこうと思う。

第1章　絶縁家族のおみおくり

姉妹が見ていた別の家族

「店にお盆飾りやお供えが並んでいるのを見ると、腹がたつのよ。あんなモノを店で売るのはやめてほしいわ。見たくもない。辛くなるだけでしょう」

と眉間にしわを寄せて語った島田晶子さん（仮名、以下敬称略）の言葉が、今も私の心の隅に引っかかっている。

島田晶子は、筆者が取材したひと月前に、妹の朋美（仮名）をがんで亡くしたばかりだった。晶子の9歳年下で、享年45という若すぎる死。

島田家が何かの事情を理由に、宗教や儀式を極端に嫌う家族であることは聞いていた。妹の死より3年前に他界した母を無宗教葬で送り、その後の法要も一切しない考えでいることも。

しかし、彼女の言葉は信仰や流儀を越えてなかなか口には出せない、家族を失ったばかりの人の率直な気持ちを表しているように思えてならなかった。

あえて供養の儀式をしなくても、必要な時を重ねながら、人それぞれの思いで失った人と向き合うことこそ、大切なはず。家族とは実に厄介で大変なものだから……。

とくに仏教を信仰していなくても、私たち日本人の暮らしの中に、お盆の行事や回忌法要は慣習として根づいている。無意識のうちに、私たちは弔いの慣習を無理に共有しようとしていることに気づかされた。「死」の悲しみも、「弔いのかたち」も人それぞれであるのに。

最初の取材から2年が経った。

彼女と家族は今、どう過ごしているのだろう？　父親の介護をめぐり三人きょうだいで意見が対立している中での妹の他界だった。

いわゆる仏式の三回忌はしないだろうが、この2年で、どのように家族は妹の死を受け入れているのだろうか？　島田晶子（58）は今、故郷に戻り、実家で83歳になる父親と介護のために同居している。

再度の取材を申し込むと、父親がデイケアに出かけている間ならばと承諾をもらえて、新幹線で山口県に向かった。

新幹線の駅を降りると、父親をデイケアに送った島田晶子が出迎えてくれた。車で約1時間、晶子の実家は町からだいぶ離れたのどかな農村地域にあった。集落はあるものの、家々はかなり離れて建っていて、過疎化が車窓の景色からも感じられる。

「こんな田舎でびっくりされたでしょう？　もうどこもかしこも老人ばかりよ」

と晶子は笑って言った。

自宅で通された和室の棚に並ぶ大小の二つの遺骨箱。

「ちっちゃい方が妹の朋美。献体するとこんなに小さくなっちゃうのね。骨も研究のために解剖するらしいの。やっと帰ってきたばかりなのよ」

そう静かに語った。

献体した場合、遺骨が家族のもとに返還されるのは約1年から3年ほどかかるのが普通らしい。

「大学まで受け取りにいくのかと思っていたの。でも大学から『ご遺骨をお届けにお伺いします』って、電話をもらってね。助かったわ。本人が望んだこととはいえ、医学部まで受け取りに行くのは辛かったもの。やはり、いろいろと想像しちゃうでしょう」

妹の朋美は亡くなってから2年して、小さめの白い遺骨箱に収められて、彼女が生まれ育った家に帰ってきた。

母の遺骨箱の横に、人形を挟んで朋美の遺骨が祀《まつ》られていた。

「母と妹は仲が悪かったでしょう。だから『お福さん』を間に置いてみたのよ。だって、母は何かというと『お福さん』っていう人だったから」

と晶子ははにかんだ。

「お福さん人形」は福を呼ぶ縁起物として親しまれてきた人形だが、遺骨と並べてあるのは初めて見た。でも、なかなかいいものだ。こんな供養の仕方をする晶子に好感を持った。

妹の朋美と母の関係は厳しい対立が長年にわたってあり、家を出て10年くらい絶縁していた時期もあったと聞いている。朋美が実家の敷居をまたぐようになったのも、母が他界してからのことだった。

その後は父親の介護をめぐり、2歳違いの弟の隆司(56・仮名)と朋美が手を組んだかたちで、父と同居する晶子と対立していた。

島田晶子の経歴に触れておきたい。

晶子は東京の国立大学を卒業後に、海外青年協力隊としてタイで活動をした。その後もその経験を活かし、国際貢献の分野での仕事をしたいという昔からの希望を叶え、フェアトレードの仕事に携わってきた。

度胸とフットワークの軽さが自慢の逞《たくま》しい、開拓精神旺盛な独身女性だ。

現地スタッフとして海外に住むこともあれば、国内で活動することもあった。海外での最後の勤務地となったのはタイで、仕事を辞めて日本に帰国してもう5年になる。


7年前に父親が脳梗塞で入院した。その当時の状態は要介護5。リハビリの病院も含めて半年間の入院生活の後、自宅で母親が介護をして1年半で要介護1までに回復した。

父の快気祝いに、朋美が家族の京都旅行を企画した。その旅行から、ひと月もたたないうちに、予期せぬことに母が突然他界したのである。

朝、寝室で倒れていた母を父が見つけて、救急車で病院に運んだが、そのまま死亡が告げられた。晶子はタイから急遽、母の葬儀のために再び帰国した。

母が他界してからしばらくは、タイと日本を行き来して父の世話してきた。しかし父の介護の現実が晶子に一大決心をさせることになる。

きょうだいと父を交えて今後のことを話し合う場を持った。弟は九州の大学の教授になったばかりで、妹も行政書士の資格を取り他県で転職を果たしたばかりだった。

二人は父に施設に入所してもらって、時々自分たちが訪問すると言った。そうはいっても、他県に居る二人が頻繁に父を見舞うのは難しいだろう。

他人の中で父が放っておかれるのは、あまりにも忍びなかった。父は若干認知症が始まっていたが、まだ施設に入るほどではない。

晶子は帰国して、自分がしばらくの間、父と同居して世話をしようかと手を挙げた。まだ病後の回復途上で、妻の急逝のショックでぼんやりしている父を、晶子にはこのまま独りにしておけなかったのだ。

その時は、きょうだいが姉の決意に感謝の気遣いを示してくれたので、当然協力はあるものと信じた晶子だった。

半年後には仕事を辞めて、父のために帰国した。どんな時も優しく包みこんでくれる、ダンディーな父親は晶子にとって理想の男性である。

子どもの頃から父親が大好きで、結婚するなら父みたいな人と決めていた。そんな父を母のようにあっけなく失いたくはなかった。

しかし、東京と違い、故郷のさびれた町では彼女の経験を活かせる仕事は見つからず、父の世話をしながら父の年金で慎《つつ》ましく二人で暮らすしかない。きょうだいに協力を求めても逃げてばかりで、話し合いにもならない。

なぜ自分だけがこんなにも理不尽に犠牲を払って、負担を一人で背負わなくてはならないのか、不満は募るばかりである。

同郷の友人も都会に出て、親世代の知り合いしか残っていなかった。

帰国して1年が経った頃、晶子に東京の事務所から誘いの声がかかった。国内にさえいれば、何かあればすぐに父のところに駆けつけられると、晶子の心は揺れた。年齢的にいって最後の再就職のチャンスになるだろう。

きょうだいを呼び寄せ、再び家族で話し合いの場を持った。晶子は家族に東京で働きたいと打ち明けた。誰も反対する者はいなかった。

そして自分だけが負担するのではなく、弟や妹にも父の老後のために経済的な協力を求めた。島田家に経済的余裕はない。この先、父の介護で遠からず父の預金だけでは無理になる日がくるだろう。

今まで手伝わずにきた弟と妹に、これまでの晶子の労力の代わりにいくらかまとまったお金を供託金のようなかたちで出してもらうという介護費用の案を晶子は提案した。

父の預金で足りなくなる日が来る前に、準備をしておきたかったのだ。晶子は三人のきょうだいが、親の介護の負担を平等に分けるのは当然のことだと考えを伝えた。

しかし、二人は晶子が働かずに父の年金で暮らしていることを理由に、協力を拒んだ。

「お姉ちゃんは、東京へ行けばいいよ！　でも、仕事を辞めて帰国してなんて、私たちは頼んだことないでしょう？　決めたのはお姉ちゃん自身だからね！」

と妹は姉を責めた。

「そうだよ、姉貴《あねき》の自己責任だろう！　自分が決めたことじゃないか⁉　それをなんで俺たちがそんな尻ぬぐいまでさせられなきゃならないんだよ！」

と弟も語気を荒立てた。

1年前にきょうだいも納得して、タイでの暮らしも仕事も清算して帰国したが、それを軽率な自己責任とされることに、晶子は許しがたい怒りを爆発させた。

それを父の言葉が静かに遮った。

「私のことは心配しなくてもよい。私はこの家でひとりで死んでもいいと思っているから」

隆司も朋美も沈黙したままだった。弟と妹がヘルパーの訪問介護を頼もうと言い出した。自分たちも時々、父を見舞うからと。

この時、父は足が不自由になり、要介護2になっていた。

弟も妹も他県から通うのは難しい。結局自分が父のそばにいなければ、訪問介護を頼んだら、父はヘルパー任せで放っておかれるだろう。

収入も社会的地位にも恵まれているはずの弟は、結婚後は何かと都合よく親からお金を引き出すようになった。冠婚葬祭費だなんだと理由をつけては、いい大人が平気で年金暮らしの親のお金を当てにした。

父はどこまでも優しく、息子に頼られると嫌とは言えないのだった。他にも弟の訪問のたびに、父に渡した現金がいつも減っていたので、弟を問い詰めると、きまって父親が孫に小遣いをくれたのだと言い訳をするのだった。

結局、不安は尽きなく、晶子は東京に出ることを諦めて父との同居を続けることを選んだ。

そして二人は晶子がいる実家には近寄らなくなり、父との面会もデイケアセンターを訪ねるようになり、家族はまた分断していった。

翌年の暮れに、離れて住む弟と妹に「きょうだい三人の都合を合わせて、今後の父親のことで話し合いの場を持ちたい」と声をかけた。

しかし、晶子の知らないところで、父をデイケアから外に連れ出して、三人で会食を楽しんでいたことを後で知った。弟と妹には父親のことを家族で話し合おうという誠意もなかった。

父のために孤軍奮闘しながら、きょうだいの中で、独り孤立していくばかりの晶子だった。

その後、妹とは疎遠でいたが、妹が住む他県の病院から晶子に電話がかかってきた。

朋美は以前に乳がんの手術を受けていたが、リンパ節に転移して再入院していたのである。

身元保証人を晶子が引き受けることになり、父をひとり置いて、他県の病院まで行き、世話を続けた。幸いにも、朋美は仕事にも復帰できるまで回復した。

しかし、それから1年後、朋美は父にも姉にも知らせずに、故郷に戻ってきていたのだった。

再々発したがんが身体中を蝕《むしば》み、手のほどこしようがない末期の状態になって、山口の緩和ケアの病院で最期までの日々を過ごしていたのである。

きっと最期の地に故郷を選び、戻ってきたのだろう。

しかし、朋美は隆司だけに連絡をとり、晶子と父親には知らされることはなかった。

「姉ちゃん、落ち着いて聞いてよ。実はさ、朋美は先月から山口市の病院に入院しているんだ。朋美にずっと口止めされてて、言えなかった……。朋美が父さんに会いたがっているんだ。朋美、もう長くない……」

と弟から初めて聞かされた晶子は言葉が出なかった。


朋美から連絡がないのは、元気にしているのだとばかり思っていた。それに近くに入院しているのに、なぜ自分に連絡をしてこないのだろう。

朋美が父に会いたがっている。晶子はすぐに父を連れて二人で見舞いに出向いた。

医師からは「もって、二週間だろう」と告げられた。もうあまり食べられなくなっていたが、好きな果物を探しては日替わりで妹に毎日届けた。

当時を思い出して、悔しそうに唇を嚙《か》みしめて、晶子は続けた。

「病室でね、看護師が、亡くなったときに着せる服を早く持ってきておいてくださいって言うのよ、病人の横で。まだ死んでいないのに、ひどいでしょう」

緩和病棟とはそんな所なのだろうか？　たとえ希望はないとはわかっていても、これから死に逝く人の横でする会話としては、あまりにもデリカシーに欠ける。

看護師に二度とそんなことを言わせないように、翌日、晶子は朋美の服をすぐに届け、ロッカーの引き出しにしまい、ナースステーションまでそのことをわざわざ告げに出向いたという。

最後の日が近づいている朋美を、静かに送ってあげたかったのだ。

しかし、次に見舞いに行った時、届けた朋美の服は看護師によって、ハンガーに掛けられていたのだ。病室の壁のフックにつるされて朋美から見える所に。まるでそこに「死の準備」が用意されているかのように……。

晶子は朋美に気づかれないように、服をロッカーの引き出しにしまった。この話を聞いて、「死」に慣れすぎた末期診療の病院での看取りに、感覚の乖離《かいり》を見る思いがした。

家族の願いが通じたのか、朋美はひと月以上も持ちこたえた。朋美はその間に大好きだった父と何回も会えたのだ。隆司も家族を連れて九州から見舞いに来た。

しかし、「もうだめかもしれない、この瞬間かもしれない」と考えながら24時間を過ごす不安と緊張の連続に、家族は心身ともに疲労の限界を迎えていた。

そしてある日、とうとう危篤状態に陥った時に、なぜか看護師は遠方に住む隆司に連絡を入れたのだ。入院時の身元保証人が弟になっていたためだろうか？

弟からの連絡で妹の危篤を知り、晶子はすぐに父親を連れて病院に向かったが、間に合わなかった。誰にも看取られることなく、少し前に朋美は家族を待つことなく、独りで旅立って逝ったのだった。同県に住む晶子には病院から連絡がこなかった。

姉の晶子にも連絡するつもりでいたが、急患の対応に追われて連絡がいかなかったことを病院側は謝ったが、彼女は今でも病院の対応に不信感を抱いている。

「私にすぐに知らせてくれれば、父も私も最後にもう一度、朋美に会えたはずなんですよ。かわいそうなことをしました。独りで逝かせてしまって……」

と、晶子は悔し涙で目を潤ませながら繰り返した。

エンゼルケアでメイクとピンクのマニキュアを施された、朋美の最期の写真を見せてもらった。美しい顔でまるで眠っているような静かで安らかな最期の姿だった。

スマホにある妹の元気な時の写真も見せてくれた。これまでの姉妹間の確執も水に流せただろうか？

大学の医学部から迎えの車が着き、最期のお別れをして朋美を見送った。朋美の亡骸《なきがら》の上には病院が用意した花束が添えられてあり、病院の医師や看護師が大勢並び、深々と頭を下げて、朋美を家族とともに見送ってくれたのが幸いだったという。

葬儀も何もなく、最期は自身の身体を医学の進歩に捧げた潔い旅立ちだった。島田朋美、45歳という短い人生の幕を降ろした。

晶子の静かな微笑みに、勇気を出して聞いてみることにした。

「あの、できましたら、朋美さんとお母さんのことを詳しく教えてもらえませんか？」

ひと呼吸おいて、晶子は二人の遺骨に目をやりながら、

「私もね、なぜ朋美があんなに母を嫌ったのか、よくわからなかったんですよ。ちょっと待ってくださいね。朋美の部屋を片付けていて、見つかったものがあったんです」

と言って、二階の自室に消えていった。

晶子は一冊のノートと書類を手に戻り、私に差し出した。

人生は「死」をもって幕が降りるわけではない。亡き人の人生は、遺された者の手で人生に幕が降ろされる。

朋美の場合も、病院に提出した緩和ケア承諾書の控えやマンションの遺品から、彼女が家族に傷つき、もがいた悲しみの声が聞こえてくる。それは姉の晶子も初めて知る家族の話だった。

朋美はカウンセリングを受けていたようだった。「大人の発達障害」の小冊子があった。自分の抱える「生きづらさ」の理由を探し、乗り越えようとしていた軌跡がうかがえる。

自己開示のために書かれた一冊のノートが部屋に残されていた。

それには幼い時に母親から虐待を受けたことが綴《つづ》られていた。幼い時に兄から性的な悪戯《いたずら》をされていたことや、学校や近所の友だちから日常的に受けていた「いじめ」とともに書かれていた。

また中学受験の失敗に続き、高校受験でも挫折し、親に負担をかけずに希望を叶えていく姉と兄と常に比べられて、傷ついてきた心情を吐露していた。

小学校からいじめられて、学校では総スカンされ、いつも独りぼっちでいたらしい。

学校でのいじめは何となくは感じていたが、母や弟について書かれていたことについては、晶子は初めて知ることばかりで、ショックだったという。

ストレートで思ったことをはっきり口にする母親だったが、晶子は母からそのような虐待や暴力を受けた記憶はないという。また母が弟や妹に暴力を振るっているのを見たこともなかった。

晶子は母のことをそういう性分で、単純で口の悪さほど悪気はない、むしろ裏表のないかわいい人だと受け止めている。むしろ朋美のほうこそ言葉がきつく、気難しい面があったという。

しかし、弟の隆司が七歳下の妹に性的な悪戯をしたことを晶子は知らなかった。

でも晶子の記憶によると、たしか弟が中学生の頃、父が弟だけを連れて二人で北海道の旅に出たことがあった。北海道を自転車でまわる男同士の旅だと聞かされていた。

その当時に感じた家の中の妙な空気を記憶している。だが、両親がこのことを知っていたか否かは定かではない。

朋美が遺したノートを見て、晶子は「まさか?」と信じられなかったが、「もしかしたら、あの時なのでは?」と、記憶を辿《たど》りながら、当時のことを思い出してくれた。

父と息子の旅行の時期を、仮に朋美が兄の隆司に性的悪戯をされていた時期と仮定してみると、晶子は中3、隆司は中1。朋美は小1で学校や近所でもいじめを受けて悩んでいた頃かもしれない。

隆司は中学受験をして、見事地元の進学校に合格していた。また中3の晶子は県で最も難関といわれる県立高校への受験を控えていた時期。

父は男親として息子の性教育と向き合うために、二人だけの旅に出たのでは?

　しかし、朋美が自己開示で書いたノートからは、当時の朋美が親からケアを受けたとは考えられない。幼さゆえに、「なかったこと」とすることが家庭での最善の策だと考えたのだろう。

　また、上の二人の子どもの受験に親の関心がいき、親は上の子どもたちの成長と将来を守ることを優先したとも受け取れる。朋美は家でも学校でもずっと孤独な少女だった。

「でも両親がそのことを知ったのは、もしかしたら、もっとずっと後だったのかもしれません。私の勘違いかも？」

　と晶子は打ち消すように首をふって続けた。晶子は海外と日本を行き来する生活だったので、時期の記憶が曖昧だという。

　それはもっと、ずっと後になってからのこと。ある日の記憶が甦った。

「隆司が朋美にセクハラなんかするわけないじゃない……」

　と母が妙な独り言をポツリと口にしたのを、たしかに覚えている。

　まともに相手にしないで、そのまま聞き流していたが、今振り返るとそのことを意味していたような気もする。大人になってから、朋美が母に訴えたのだろうか？

　もしかして弟にも……?!

　二人が不帰の人となった今では何もわからない。晶子は父にそれとなく聞いてみたが、父は無反応だった。やはり何かの間違いかもしれない。

　しかし、朋美がカウンセリングでわざわざ嘘《うそ》を語るだろうか？　いくら実の弟でも、まさかこんなことを本人に確認することもできない晶子だった。

朋美が幼い時に兄から受けた性的悪戯を聞いて、私（筆者）は衝撃を隠せなかった。

「私は兄に危険なんて感じたことはないですよ。年頃の異性のきょうだいの場合は気を付けなくてはいけないって聞きます。でも、私にも息子と娘がいますけど、一度もそんな心配をしたことはないですよ。息子と娘、二人に留守番をさせて平気で旅行にも行っていましたから。親なら妙な雰囲気があれば気づくはずでしょう？」

「わかんないですよ。親が知らないだけかも？　うちだって、まさかでしたもの」

と言われて、ハッと忘却か封印したのかわからない遠い昔の記憶が呼び覚まされたのだった。


幼い頃、たしか5歳だったと思う。近所に歯医者さんの家があって、私は同い年のみゆきちゃんとよく遊んでいた。ある日のこと、お兄ちゃんが私に手伝ってもらいたいことがあるからと、みゆきちゃんがわざわざ、私を家まで迎えに来た。

みゆきちゃんには9歳年上の中学生のお兄ちゃんがいた。家に行くと、家にはお兄ちゃんしかいなくて、お兄ちゃんが教科書（多分、「保健体育」？）を広げ、メジャーを手にして待っていた。

みゆきちゃんと私に学校の宿題を手伝ってほしいというのだ。みゆきちゃんと私は服を脱ぐように言われて、シュミーズ姿になった。

おにいちゃんは二人の身長や腕の長さを測った。シュミーズも脱ぐように言われ、たしか胸囲や胴囲も測ったと思う。そしてさらにショーツも脱いでほしいと言われた。「いやだ！」と私は即座に答えた。

「なにもしないよ。サイズを測るだけだよ」

「いやだ！　みゆきちゃん、あっちでお人形で遊ぼう！」

とさっさと二人で服を着て、みゆきちゃんの部屋に行ってしまった。あとからお兄ちゃんが顔をのぞかせて言った。

「今日のことは誰にも言ってはいけないよ。約束しようね」

何かこの時、とても嫌な気持ちになり、何かイケナイことをしたのだと思った。だけど、私は大人にはひと言も言わなかった。言ったら、大変なことになりそうな予感がしたからだ。

そして、そのあとすぐに、みゆきちゃんの家族は遠くに引っ越してしまった。今思うと、あの時、お兄ちゃんは引っ越しの予定を知っていて、わざとあの日を選んだのだろう。

あの日以来二人には会っていないし、消息も知らない。

私にとって、これはすっかり忘れていたことだった。５歳の少女は胸を見られても恥ずかしいとも思わない。

まだ兄と一緒にお風呂でプールごっこをしていた頃で、男女の区別もない年頃。私はパンツまる出しで木登りもするおてんばで、山猿のような女の子だった。

しかしあの時、みゆきちゃんのお兄ちゃんは力任せに思いを果たそうと思えば可能だったはず。それを思うと、ぞーっとする。

まさに「人生は紙一重」。自分の幸運に感謝するばかりだ。みゆきちゃんはその後、あの家族のもとで暮らし、無事だったのかと急に心配でたまらなくなった。

みゆきちゃんのお兄ちゃんや、朋美の兄をとくに危険な性欲者、小児性愛者だとは思わない。ごくふつうの思春期の中学生の男子が女性の身体への関心の高まりを抑えきれずに、自由になる幼い少女が身近にいたのを幸いに禁じられた行為をしてしまったのだろう。

しかし、少女が受けた辱《はずかし》めの傷痕の記憶は消えることなく、成長とともにさらに意味を持つものへとなったのかもしれない。このことが朋美のその後の人生と、異性観に大きな影響を及ぼしたのは言うまでもなかった。

朋美の生涯で交際した異性の存在は見えてこない。

相手が見知らぬ男性であれば、「なかったこと」にして忘れることも出来たのかもしれないが、同じ屋根の下で暮らす家族が相手の場合は、それは不可能なことだろう。

しかし「何もなかったこと」にして、家族はふつうの家族のままでいようとした。

もし、私が朋美の母であったならば、やはりまだ娘が幼いことを幸いに、「なかったこと」にして忘れさせようとしたかもしれない。同じことを家の外で息子がすることを、まず一番に恐れると思う。

そんなことにでもなれば、未成年の少年でも性的異常者としてレッテルが張られ、希望に満ちた息子の将来は一瞬にして潰《つぶ》されてしまうだろう。親として正して守るべきは息子であり、忘れることこそ娘のためと思ったのではないだろうか？

この一件が、それほどまでに娘に将来にわたって傷痕を残すことになるとは、思いもしなかったのだろう。一概に朋美の親を責めることは出来ない。

家庭内でのこうした性的な悪戯や暴力、虐待は珍しいことではないと聞く。

そしてたいていは家族の中でなかったことにされ、「したほう」は将来を守るために庇われて、社会的にも成功していることが多く、「された側の子」は、辱めを受け傷ついた心のケアを何も受けぬままに、生きづらさを抱えたままでいくことが多いらしい。

まさに島田家がその一例ではないだろうか。成績優秀な隆司はその後、大阪の国立大学と大学院に進み、研究者としての道を歩んだ。

朋美は中学受験に続き、高校受験でも失敗し、家計に余裕がないにもかかわらず、私立の女子高校に進学をした。受験の挫折のたびに自分の居場所をなくして、孤独に悩んだと朋美は書いていた。

上の子どもたちは奨学金で国立大学を卒業し、バイトに励み仕送りの負担も一切かけなかった。朋美は短大を出たあとで、私大の4年生に編入して四大卒の資格を得た。経済的余裕がない中で、朋美だけが高校から私学に学んだのだった。

常に優秀で親孝行な姉や兄と比べられて、自己肯定感がもてないままに成長した朋美は就職でも納得のいく成果をあげられず、不本意のまま地元の中小企業で働いた。

その後、独身の女性がこの先ひとりで生きていくためには資格が必要だと、勉強に励み行政書士の資格を取った。初めて故郷の山口を離れて、新天地で新しい人生を歩もうとしていた矢先に病魔が彼女の命を奪ったのだ。

朋美と隆司が同じ屋根の下で暮らしたのは、朋美が中1の時までで、以後、隆司は大阪の大学に進学した。姉は東京、兄も大阪に行き、家では両親と朋美だけになった。

卒業後も姉は海外にいることが多く、兄もあちこちの大学で教えることになり、故郷を離れたままで今に至る。

山口ののどかな農村で育った姉と兄は、もっと広い世界で生きることを望み、夢を実現させて羽ばたいていった。

これまでの朋美と隆司の様子を聞いても、離れていたので晶子にはよくわからないという。だが、その後の隆司の結婚式に朋美は出席を拒んでいる。ずっと疎遠な関係ではあったようだ。

もうひとつ気になるのは年が離れたきょうだいの子育てである。晶子と朋美は9歳、8学年も違う。朋美が小4になる時に、晶子は東京の大学に進んでいる。

晶子によれば、母親は家計を助けるために働き通しのうえに信仰に身を捧げ、家にはあまりいない人だったという。

「母は決して派手で遊び歩くような人ではありませんでしたよ。自分のための贅沢《ぜいたく》なんてしたこともなく、質素に暮らしていました。求道者《きゅうどうしゃ》のように信仰に突き進んでいき、いつも本を読んで勉強していました」

朋美がまだ小学生の頃、母が宗教団体の研修会でしばらく家を留守にしたことがあった。兄からの性的な悪戯を受けた後で、母の不在が少女の心に与えた影響は大きかったのではないだろうか？

母の双子の姉が重い病を患い、その姉の回復祈願のために研修会に参加したそうだ。祈禱《きとう》が効いたのか、姉の病は奇跡的に完治して、母より一年先に旅立つまで仲が良い双子の姉妹として寄り添って生きた。そのことがよりいっそう、母を信仰に向かわせた。晶子は当時のことを次のように語ってくれた。

「母は鉄砲玉みたいな人で、誰も母の暴走を止められなかった。あちこちの変な新興宗教にのめりこんでは、散々迷惑をかけられたけど、私利私欲のためでなく、いつも人のため、幸せのために動いてしまう人でした。その研修会だって、母は病に苦しむ伯母を救いたくて、必死に祈っていたんですよ」

と、子どもを置いていった母親を責めることもなかった。

しかし、いくら伯母のためとはいえ、まだ幼い朋美は母が自分に関心を向けて助けてくれることを求めていたに違いない。母は双子の姉の無事を祈ることに必死で、まだ幼い次女の孤独に気づけなかったのだろう。

また子育てから解放されたかったのではないだろうか？　上の二人は逞しく、手もお金もかからない子たちだったが、朋美は繊細な傷つきやすい少女だった。

上の子たちは母の直球の言葉を聞き流すこともできたが、朋美はそれを受けて大きく傷ついてしまう。親からしたら、やっと子どもから手が離れて楽になったと思ったときに、また振り出しに戻された気分だったのかもしれない。

年の離れた三人の子育ての期間は確かに長すぎる。思春期の子への心配と幼い子の子育ての負担が同時に求められるのだから。

母と朋美は何かと激しい衝突を繰り返した。晶子からみれば、いつも何か言いがかりをつけて絡むのは朋美のほうで、母はほとほと困っていたと語る。

しかし、子どもというものは母親の気を引きたい時に、わざと困らせて信号を出すものではないだろうか。

兄と同じ中学を受験して、失敗。通った地元の中学では陰湿ないじめのターゲットにされたという。受験の失敗で傷ついた朋美が中2の春には、兄も大学進学で大阪へ出て行った。

受験で挫折する子と努力を実らせ目標を達成する子が同じ家にいる。これは多くの家庭が経験する悩みでもある。

朋美に家事をさせて、母は宗教の集まりに出ていくことが多かったようだ。父親は誰にも優しく怒ることがない温厚な人。朋美も父のことは大好きだった。

大学卒業後、姉も兄も山口には戻ってこなかった。朋美は母と絶縁して30歳で家を出るまで、ずっと実家で両親と暮らしていた。

「長男第一主義」で隆司に期待を寄せていた母だったが嫁との折り合いが悪く、息子夫婦とは疎遠になり、朋美に老後を託すことを期待して口にすることが多くなった。

朋美が食あたりで苦しむ横で、娘の体調を気にかけることもなく母は娘に言った。

「あんたに老後は頼むからな」

朋美の我慢の限界だった。その後、初めて実家を離れ、独り住まいをするようになった。その後も約十年間母親と絶縁を続けた。

母のこの一言は、呪縛のように朋美を苦しめ、姉の晶子にも繰り返し訴えていた。しかし、晶子にしてみれば、そんな齟齬《そご》にいつまでもこだわる朋美のほうこそ、大人げないとさえ感じていた。

９歳年上の晶子と妹の朋美では、母親の発言の受け止め方に大きな開きがあった。母を蛇蝎《だかつ》のごとく嫌い、何かと衝突する朋美の気持ちを、晶子はいまでも理解できない。

「なんであの子が母をあそこまで憎むのか、まったくわからないんです。産んでくれて、育ててもらっただけでも有り難いでしょう。いい大人になっても、母親への恨みつらみを断ち切れない妹のほうに問題があったと思いますよ」

晶子には朋美のノートに書かれた母の姿が信じられない。

「母は妹を高齢出産で産んでいるでしょう、産後鬱《うつ》だったのでは？　朋美の妄想ってこともありえますよね？　母はずっと朋美との関係に苦しんでいましたよ。かわいそうなくらいに」

と母について語った。

親と離れている分、親思いで帰国のたびに親や妹を旅行や食事に招待してきた孝行娘の晶子。彼女は決して派手なことを好まず、18歳から節約をして慎ましく自力で生きてきた。

そんな彼女が親孝行にだけはお金を惜しまずに使った。何かと喧嘩《けんか》する母と妹の仲をとりもとうとしたのも旅の目的だった。また離れている分、せめて帰国した時くらいは親孝行をできるだけしたいと願う晶子だった。

しかし、そんな晶子の家族への想いは、母の中で姉の存在をさらに大きくし、朋美の自信を失わせることになったのかもしれない。朋美にとって、姉は敵わない存在だった。

父の入院を機に、家族と絶縁していた朋美は偶然、母や家族と病院で会い、一緒に食事をすることもあった。退院後、父は母の懸命な介護のおかげで、要介護1まで回復した。

珍しいことに、朋美がそのお祝いもかねて京都への旅を企画して、晶子もタイから帰国して参加したのだった。

朋美はその旅から戻ったら親とは距離を置いて、新天地で行政書士としての新しい人生をやり直す予定でいた。

しかし、旅から戻ってひと月もしないうちに、母親が急逝したのだ。家族とごく親しい親族だけの家族葬で、母親を見送った。

朋美は葬儀のスピーチで母と折り合いが悪かったことを正直に触れたが、決して聞き苦しいものではなかった。その場に居合わせた親族は二人の確執は知っていることだから、あえて自分から話したのだろうか。

晶子によれば、旅の間、母親が「もうじゅうぶん生きたから、いつ死んでもかまわない」という意味のことを呟《つぶや》いたらしい。介護の疲労もあり、何か死期を悟っていたのだろうか。

また母親の信仰心は止められないものと家族は半ば諦めていたが、亡くなるわずか前に、母は所属する宗教団体に自ら退会の手続きを取っていた。

そこは「家庭内の調和の大切さ」を説く会だったようだ。母も末娘との不仲に悩み苦しんで、関係改善の努力をしていたのだろう。

その団体には葬儀部がある。もしも母が退会していなかったら、宗教団体が取り仕切る葬儀になっていた。母はきっと無意識のうちに自分の死期を悟り、家族に迷惑をかけないように身辺整理をして旅立ったのではないかと、晶子は思うのだった。

朋美が実家の敷居をまたぐようになったのは、母が他界してからである。そして不思議なことに、父の世話のために帰国した晶子と揉めることで、朋美はずっとそれまで疎遠でいた兄の隆司と繋《つな》がるようになった。

姉への理解があると信じていた妹が、弟と組んで姉を責めてくる。姉にとって戦うべき相手は二人になった。家族とは離れては引き寄せられ、ぶつかり合ってはまた遠ざかっていく。

朋美の最後の入院で、病院の書類に「最も信頼している身近な人」の欄には、隆司の名前が記されていた。入院の身元保証人も隆司が引き受けた。

さらに、書面の発見は晶子を深く傷つけることになった。妹は入院時の書類の備考欄に以下のように記していたのだった。

〈実家で姉が父と同居している。姉と揉めているため実家へは連絡をしないでほしい〉

妹は死を前にしても、姉に助けを求めようとはしなかった。最後のひと月、懸命に尽くした晶子が妹の死後に見つけたものは、残念ながらこうした妹の言葉だったのである。

妹の死後、弟が慌てて妹のスマホから自分のＬＩＮＥのアカウントを削除していたのは、見られたら困るものがあったのだろう。

「でも、いいの。なんかあの子の本心がみんなわかって、こっちも気が楽になったわ。別に後悔もない」

と晶子が言う。遺品整理で知った妹の気持ちは、姉の心を深く傷つけ、閉ざすものだった。

しかし、亡くなる前の二週間は昏睡状態で意識はなかった。朋美の最期の気持ちは誰にもわからない。

朋美が自己開示のために書いたものを読んでも、晶子にはまだ信じられない。晶子には母はそんな人には思えないという。誕生日にはケーキを買って祝う、普通の家族だと思っていた。弟の性的悪戯も知らなかった。

母が熱心に信仰に走るのも、自分のためにではなく、人を救うための願いからだった。やみくもに信じるのではなく、本をよく読み勉強し、批判する精神をもった求道者のような母だった。そんな母を今でも晶子は憎めない。

新興宗教に寄進を続ける母を妹は蔑《さげす》み憎むが、姉は母をカモにする宗教団体を憎んでも、母を憎むことは決してしない。自分が仕送りしたお金が信仰のために使われていても、困った人だと思いながら寛容に受け止め、母への憎悪には向かわない晶子だ。

母の理解者で母を庇《かば》う姉にも妹は反発を抱いていたのだろうか？　年の離れた姉妹が見ていた家族はまったく別のものだった。


遺品からは絶縁中の娘へ送った母の手紙も出てきた。頑《かたく》なに自分を拒む娘へ母は自分の至らなさを謝り、誠心誠意、謝罪を込めた手紙を送っていた。

「……愚かな私が産んだばかりに親となり、あなたに辛い人生を送らせることになって、本当に申し訳ありません。深く考えもせずに言った言葉があなたを傷つけてしまったのでしょう」

と綴《つづ》られた言葉には、毒親のような嘘のにおいを感じない。

「ハッピー・バースデー　トゥ　ユウ！　何かに使ってください。母」

と封筒に書いて、五千円の商品券を娘が住むアパートに置いていった母。そして拒絶しながらも、その手紙も商品券も捨てずに手元にしまっていた娘。遺品には母がアパートに置いていった、こうしたメモがたくさん遺されていた。

亡くなる少し前まで、朋美は同じように母のことで悩む友人にＬＩＮＥで相談をしていた。

「亡くなっても、まだ母を許せないと思う私は間違っているのでしょうか？　許さなくてはと思うのですが、どうしても母を許すことができないのです……」

と最期まで葛藤に苦しんだ気持ちが綴られていた。母と朋美にいったい何があったのか？　なにがそれほどまでに朋美に母を拒ませたのか？　二人が不帰の人となった今となっては、家族にも永遠に不明のままである。

朋美の死後、朋美の友人の連絡先を探して、晶子は朋美の他界を伝えた。母親との関係を打ち明けていた友人にも伝えたら、二、三日して彼女からＬＩＮＥ電話がかかってきたのだ。思いつめた様子で、彼女が勇気を出して伝えてくれたのは、母と同じ家の墓には入りたくない、散骨してほしいという遺志を彼女に託して朋美が旅立ったということだった。

献体を選んだのも、葬儀で家族の手を煩わせたくなかった理由の一つだったという。朋美は遺言書を遺しておくと言っていたそうだが、病状が急激に悪化の一途を辿り、それもできないまま旅立ったのだろう。友人への伝言がなければ、家族は何も知らずにいた。

毎日のように見舞いに通った姉にも、朋美は何も語ることはしなかった。

「私になんの謝罪もなく、一言のお礼もなく、あの子は逝ってしまいました。あの子らしいけど……」

と晶子は寂しげに呟いた。

朋美が家の墓に入ることを拒否していたことを知って、隆司は自分が朋美の遺骨を預かって散骨すると言った。朋美の遺骨が戻ってきたので、朋美の遺志に従い、近々散骨をする予定だ。

父は沈黙の後、無言のまま静かに頷いてそれを承諾した。散骨には隆司がひとりで立ち会うという。晶子は隆司に任せることにした。

仏もうすぐ朋美の三回忌を迎えるが、特になにも儀式的なことをするつもりはないという。仏壇に線香を炷《た》くこともしない。今までも、お盆もお彼岸も命日も特別なことはあえてしてこなかった。

島田家の宗教嫌いは母で散々苦い思いをしてきたこともあるが、それ以上に自分が理解していない、納得していないにもかかわらず単に慣習だからとか、人目を気にして儀式を行うことに違和感や偽善を感じるからだと、晶子は胸の内を正直に語ってくれた。

「仏壇やお墓にもお金をかけて、墓参りにも行くのに、『仏様はホットケサマ～』なんて陽気な冗談を言って笑う母でした。どの宗教にも真剣に向き合って、どっぷりと浸って、これはダメだとわかったら、次へ向かっちゃうんです。また変なものに騙《だま》されているなと鬱陶《うっとう》しくて相手にしなかったけど、もっとちゃんと聞いてあげればよかったかなーって」

島田家の墓もあるが、舅姑《きゅうこ》が納骨された墓に母だけをいれるのはかわいそうだと、遺骨は家に置いている。いつか父が旅立つ日がきたら、母の遺骨といっしょに埋葬するつもりだと言う。

「家に遺骨を置いとくと不幸が続くって、人に言われたけど、そうなんですか？　それとも、迷信かしら？」

と晶子に聞かれた。たしかにそういう言い伝えは聞いたことがあるが、最近では自宅に置く墓までが売られる時代になった。

死を穢《けが》れとして不吉なものとされていた歴史から、数多くの迷信や俗信が今でも慣習として引き継がれている。しかし、本人の気持ち、考え方しだいだろう。

弟は長男だが、妻が実家の両親とは以前から不和なので島田家の墓には入らず、墓は継がないと言っている。晶子も独身で子どもはいないから、いずれは墓じまいを考えているという。

弟とは妹が亡くなった日から会っていない。父はどちらにも優しいが、姉と弟に和解できる日は来るのだろうか？　父の介護にこの先いくら費用が必要になってくるのか、今の生活がいつまで続くのかも誰にもわからない。


「死」というものが絶縁した家族を引き寄せ、近寄ればぶつかって、またこじれてしまう。ときには死を前に水に流した感情の持って行き場に困り、再び傷を深くすることもある。

繰り返し寄せては引く波音のように、亡き人を偲《しの》び、過去を思い出しては憎しみが湧き、それを許し忘れることを重ねて、人は旅立つ日を迎えるのだろうか……。

もうすぐ別れることになる、お福さん人形を挟んで並ぶ母と娘の遺骨を見ながら、そんなことを考えた。

死後事務委任契約に託したイギリスでの散骨

12月を「師走《しわす》」と言うが、11月からこの月をまたぐと、なぜか途端に気ぜわしくなる。そんな年の瀬のある日、吉村信一氏（以下敬称略）が所長を務める吉村行政書士事務所に、一本のメールが届いた。

差出人は末期がんで余命３カ月の宣告を受けた女性で、死後事務委任契約を依頼したいというものだ。こうした相談は珍しいことではない。

早速、吉村はその女性に返信を送り、直接会うことになった。末期がんという体調を気遣い、相談者の自宅近くのカフェで会うことにした。

吉村が指定されたカフェに入ると、店の奥の席から来店者を確かめるように見つめている女性がいた。二人の目が合い、彼女は立ち上がって会釈をした。

相談者Sさんは緊張した面持ちで、静かに自分のことを語り始めた。冷静に自分の命の終わりに向き合おうとしている努力が感じられた。

子宮頸《けい》がんの末期で余命３カ月を宣告されていた彼女は、がん専門病院にかかっていたが、治癒の見込みがなく、積極的な治療はほとんどできない状況だと医師から説明を受けたという。

44歳で独身。事務職についていたが、病気がわかったときに会社も辞めた。家族は親やきょうだいが東北にいるが、すべてが終わるまで何も知らせないでほしいというのが、彼女の強い願いだった。

死後事務委任契約の相談者は家族がいない人ばかりではない。家族がいても、その家族との確執に長年悩み続け、絶縁中の人がさらに死後も家族との縁を断ちたくて相談にくる例も少なくない。

Sさんもその一人だった。依頼者と家族の関係にあまり深く立ち入ることは出来ないが、やはりいくら家族に知らせずにすべてをしてほしいと言われても、行政書士としては、法定相続人に報告の義務がある。ある程度は事情を知っておきたい。

Sさんは家族に強い拒絶感を抱いていた。末期がんの状態になっても、家族は頼れる存在ではないという。理由を聞くと、彼女は5年ほど前に離婚をしている。

元夫のDVに悩んで離婚を決意したが、そのことをきっかけに親やきょうだいと絶縁をしているということだった。

家族は自分の味方ではないと強く感じたそうだ。自分が亡くなった時にも家族への連絡をしてほしくないと彼女はきっぱりと言った。自分の死に顔を家族に見られたくないのだと。直葬《ちょくそう》で構わないが、骨も家族には拾ってほしくない。散骨を希望していた。

「お願いがあります。私の骨をイギリスで散骨していただけませんか?」

とSさんは吉村の目を見て言った。

若い頃、イギリスに留学した経験があり、思い出の土地であるイギリスで、向こうにいるホストファミリーと友人たちの手による散骨を頼みたいということだった。現地のイギリス人の友人には了解を得ているとのこと。

イギリスへ遺骨をどうやって送るかを調べて報告すると伝えて、その日は別れた。

別れ際に、

「吉村先生、どうぞよろしくお願いいたします」

と彼女は細い身体で深々と頭を下げた。

今日まで一人で病魔の不安と闘い、どれだけ苦しんできたのだろう。吉村は彼女の固い決意をなんとか自分が叶えたいと思った。


吉村にとって、海外での散骨を手伝うのは初めてのことだった。調べてみると、イギリスでは特に散骨に関する法的な規定はなく、イギリスの友人が引き受けてくれるのであれば、遺骨を郵送すれば可能であることがわかった。

日本でもゆうパックで遺骨を郵送することが出来るように、海外への輸送も可能である。焼骨の場合は遺体とちがい、国際間の郵送に問題はない。

だが、何かあってはいけないと、英語で慎重にメールのやり取りをして確認をし、Sさんが亡くなったら遺骨は粉骨して、航空便でイギリスに送る手筈《てはず》を整えられることがわかった。

Sさんに希望を叶えることができることを伝え、年明けに死後事務委任契約書を彼女と交わした。

年が明けると、彼女の体調は思わしくなくなってきた。残念ながら、治療法もなく治癒の見込みがない患者を受け入れてくれる、穏やかに死を迎えられる病院はなかなかない。あっても病床が足りない状態なのが、日本の終末医療の現実である。吉村は知人のつてで、Sさんのために緩和ケアの病院を探し、彼女の入院を手伝った。

入院のための荷物の準備は共同受任者である女性の行政書士が手伝い、入院の日も吉村と共に付き添った。入院中も時々、様子を訪ねた。頼まれて、スタッフが買い物や自宅マンションの冷蔵庫の食品の処分なども手伝った。

Sさんはほっとしたのだろうか、入院して少し体調が戻ったようだった。Sさんからお世話になった人を招待して食事会を開きたいという申し出があった。病院の談話室でピザを取り寄せ、吉村と女性の行政書士とスタッフを招いてピザパーティーを開いた。

Sさんは病気のために長いこと味覚障害に悩まされていて、満足に食事ができない日々が続いていた。それを医療チームと相談の上で、事前に投薬をコントロールしてパーティーの日を迎えることにした。

この日は、Sさんもみんなと一緒に食べることができたという。笑顔が戻り、楽しいひと時の最後の宴だった。これは彼女が亡くなる、二、三週間前のことだった。

その後、再び体調は悪化の一途を辿り、痛み止めを強くすれば意識が遠のき、麻酔が効いて寝ていることも多くなっていった。

そんな時に、嬉《うれ》しいニュースをＳさんに届けることができたのだ。吉村がイギリスで散骨を希望している依頼者がいることを知人に話したら、さらにその人から、夏にイギリスに行く予定の女性に話が伝わった。

その女性Ｔさんも医療従事者で、終末期治療の在り方や人生の仕舞《しま》い方に対して熱い考えを抱いていた。イギリスに住む妹家族に会うために、夏に旅行を計画しているという。

「それなら、私が持っていくわよ。イギリスまで」

とＴさんは言った。

ＴさんとＳさんは面識もない赤の他人である。それでも、ＴさんはＳさんの散骨のために自分も手伝いたいと手を挙げたのだ。吉村はそれを聞いて、すぐにＳさんに伝えた。

そしてＴさんはＳさんの病院を訪ね、病室で二人は初めて出会ったのである。こうして不思議な縁が繋がった。

日に日に、Ｓさんは弱っていったが、こうしてＳさんの命の灯が消える前に、彼女の願いをかなえる準備が進められた。

彼女が最期の日に向けて、こうした日々を送っていたことを家族は誰も知らない。Ｓさんの決意は固く、入院してからも家族への連絡を拒み続けた。

その後、Ｓさんはさらに衰弱が進み、ほとんど食事を取れなくなっていた。亡くなる一週間前、３月なのにスイカが食べたいと言う。吉村は果実店を回り、千疋屋《せんびきや》でやっとスイカを見つけて彼女に届けた。

一口だけ食べて、
「先生、ありがとう。おいしい」
とほほ笑んだ。

吉村が心を痛めた一件がある。看護師から連絡があり、Sさんが朦朧《もうろう》としながら「お父さんに会いたい……」と呟いているという。

それまで吉村は彼女から肉親への恨みや憎しみの感情ばかりを聞いていた。投薬や病状による妄想なのか？　真意なのか？　判断がつかない。

悩んだが、この状態で契約を変更することは出来ないと判断し、家族へは連絡をとらなかった。死後事務委任契約の上で彼女が強く望んだのは、すべてが終わるまで家族には知らせないでということだった。

看護師の話を聞いた上で、吉村は当初の発言のほうを彼女の真意と判断したのだった。

それから一週間後、3月の春の日にSさんは静かに息を引き取った。病院から連絡を受けて迎えにいくと、エンゼルケアで美しく化粧をされたSさんに会った。

眠っているような穏やかな死に顔だった。納棺の際にはSさんのお気に入りの服を上にかけてあげて、手を合わせた。火葬場で荼毘《だび》にふされ、収骨も吉村とスタッフで立ち会った。

Sさんは病気がわかった時に、友人にも何もいわずに闘病生活に入っていたようだ。

やつれた姿を見られたくないと、友人との接触を避け、見舞いも拒んでいた。

吉村はＳさんから自分が死んだら送ってほしいと、友人たちへの手紙を数通預かっていた。

「この手紙が届いたということは、私が死んだということです……」で始まる手紙である。

Ｓさんに頼まれたのは投函だけだが、彼女の闘病も知らない友人にこの手紙がいきなり郵送で届いたら、どう思うだろうか？

手紙で知らせたい相手なのだから、何かしらの関係は築かれているはずだ。死亡通知を送る際に、Ｓさんから預かっている手紙を直接手渡したいと伝えた。

イギリスで散骨する前に、友人たちに四、五回に分けて会い、手紙を手渡すことにした。

個室があるカフェなどに集まってもらい、お花とＳさんが元気だった頃の写真を飾り、遺骨も持参して、ちょっとしたお別れ会のようなことをして手紙を直接手渡す機会を設けた。

会社の元同僚も集まってくれた。病気のことを打ち明けずに、突然会社を辞めてしまったので、闘病していたこともまったく知らなかったという。

手紙の宛先になっていた人だけでなく、お別れ会の話を聞いて来てくれた人もいた。友人たちと会い、本人が思うほど孤独な人生ではなかったのではないかと、吉村は思った。

Ｓさんの遺骨は散骨のために粉骨され、遺灰は白い紙の袋に入れられて、７月に渡航するＴさんの機内荷物としてイギリスに運ばれた。

Ｔさんと共に旅をした遺灰は無事に現地のイギリス人の友人に手渡されたのだった。

そしてＴさんも最後まで見届けたいと、散骨にも参加することにしたのである。吉村からホストファミリーにSさんの散骨のことを伝えると、彼らも参加を希望してくれた。

こうしてSさんの遺灰は本人の願い通りに、美しいイギリスの大自然に囲まれた思い出の地に、ホストファミリーや友人たち、Tさんによって心を込めて散骨されたのである。


散骨まで無事に済んだが、行政書士の吉村にはまだ大きな仕事が残っていた。いくら確執があったといっても、実の娘の死や、散骨もすべて終わったという報告を他人の自分から初めて知らされる親の心情を考えると、責任は重い。

すべてドライに割り切り、書類を郵送ですますことで許される仕事なのかもしれない。しかし、他の行政書士のやり方は知らないが、吉村は「死後事務委任契約」の仕事を人の命の最期に向き合うコアな仕事として大切に務めたいと考えている。

Sさんの家族への報告も、まず両親へ手紙でSさんの死去、イギリスでの散骨について伝え、連絡を求めた。

そして直接会って伝えたいと両親が住む東北の町を訪ねたのだ。Tさんもイギリスでの散骨の様子を直接自分から家族に伝えたいと、同行を申し出てくれた。

Sさんの実家を訪ね、両親と姉に会った。事前に伝えてはいたが、依頼された経緯を誤解のないように順序だてて伝えた。肉親を頼りづらいという本人の気持ち、誰にも死に顔を見られたくないという葬儀に対する本人の希望を。

またイギリスで散骨をしたことも、どうしても家の墓に入りたくないというネガティブな気持ちからではなく、思い出のイギリスの地に眠りたいという本人の希望であったことを伝えた。葬儀社が火葬の時に用意した白木の位牌も届けた。Tさんも散骨の写真を見せながら、詳しく説明をしてくれた。

しかし、両親が娘の死を悼む感情を見せることはなかった。言葉にも、表情にもそれを感じることはできなかった。

亡くなる1週間前に苦しみながら、うわごとで「お父さんに会いたい」と呟いたSさんだったが、その父親さえ何も語ろうとしなかった。

もしかしたら、重い現実を受け入れられなかったことも有り得るが、Sさんが抱えていた家族への悲しみの深さを改めて知った。ただ同席した姉だけは涙を流して聞いていた。

両親は娘の闘病や、最期の話にも関わろうとはしなかった。二人は重い気持ちでその場を後にした。

遺品整理、部屋の片づけを専門業者に依頼して、すべて委任された仕事を完了した。

Sさんの遺志により、遺産は海外の子どもの支援団体に全額寄付されている。

ユキッグの死

面識もないある一人の男の弔いの話が私の心に訴えてくる。

彼の名はユキッグ。北海道生まれのアイヌの木彫り作家だ。誰にも看取られずに独りで旅立った最期ではあったが、この世知辛い世の中で、彼ほど人のぬくもりを肌で感じるようなあたたかい葬送で見送られた幸せな男を私は知らない。

「生きたように、人は死ぬ」というような人生でもあった。そんな男の弔いの話をしたい。

ユキッグは北海道の道東から東京に出て、しばらく滞在した後、工芸仲間の誘いで静岡県の山あいの町に移り住んだ。電気は通ってはいるものの、水道もガスもない廃屋が彼の工房兼住まい。

地元の人の厚意でただでその廃屋に住まわせてもらいながら、制作した木彫りのアクセサリーをクラフトショップやイベントで売り、わずかな収入で生計を立てていた。住民票を移していなかったので、福祉助成は受けていなかった。

ある夏の焼けつくような真夏の太陽が照りつける午後に、廃屋で息絶えていたのを同じ町に住む工芸仲間に発見された。享年57。

検死による検案書に死因は「心不全」と書かれていたが、本当の理由はアルコール中毒と栄養失調および熱中症ではなかったかと仲間たちは思っている。

私がユキツグのことを知ったきっかけは、タクシードライバーと映画監督の二足のわらじを履く佐藤隆之氏との出会いだった。

２０１６年に彼のドキュメンタリー映画『kapiw《カピウ》とapappo《アパッポ》～アイヌの姉妹の物語～』が公開され、取材をした際にそのパンフレットの中に「この映画の始まり（ユキツグのこと）」として、ユキツグとの出会いと別れのことが書かれていたのである。

琴線に触れて、検索してみると彼のブログと「ユキツグ追悼」のYouTubeに繋《つな》がった。ブログにはユキツグのお葬式のことや追悼キャンプのことが綴られていた。

佐藤氏（以下敬称略）に当時のことを振り返ってもらい、亡きユキツグの弔いを辿ってみたい。

映画の仕事からいったん離れて2年が経ったころ、佐藤はアイヌのことをもう一度やりたいと思って東京・新井薬師にあるアイヌ料理の店、「レラ・チセ（アイヌ語で『風の家』の意味）」を訪ねた。

店に通ううちに、そこに居候するユキツグや常連客とも親しくなった。

ユキツグが静岡に移る際も、佐藤はワゴン車で引っ越しを手伝った。里山のふもとにあるその廃屋からは田園が見渡せ、目の前に小川が流れていた。最初はろうそくを灯《とも》していたが、地元の篤志家《とくしか》が温情で電気を引いてくれた。

真冬にポリタンクで水を運び、カセットコンロで調理をするキャンプのような暮らしを佐藤も10日ほど共にしたという。

うたた寝をしてふと目を覚ますと、貰《もら》い物の古い石油ストーブの灯火が佐藤に向けられていた。ユキツグにはそんな優しさがあった。

佐藤にユキツグのことを聞くと、自由人としてのアイヌを感じる人だったという。破滅型で、大酒飲み。

だらしがなく生活力もない男で、あちこちに迷惑をかけ、あちこちで世話になっていたが、その不完全な人間の魅力に惹《ひ》かれて、なぜか人はユキツグの周りに集まった。

人に優しく純粋で、それは彼の作品にも表れていた。

冬に静岡に移り住んだユキツグだが、その夏にはすっかり地元の人々から「いい人だね。仙人が来たよ」と受け入れられていたようである。

持ち前のお茶目さで地元の工芸仲間や東京から集まった若者まで惹きつける、不思議な魅力を持つユキツグだった。

しかし、家庭的にはいろいろとあったようだ。若くして結婚し妻子はいたが、ずっと昔に離婚して長年関係は途絶えていた。

東京に弟が二人いる。北海道にいるきょうだいのうち、二人の兄は木彫りの名人として知られていて、ユキツグは常に比較され、生きづらさも感じていたのかもしれない。北海道を離れたのも事情があったようである。


２０１０年8月、その日も猛烈な暑さが続いていた。

荒川河川敷で撮影をしていた時、佐藤の携帯が鳴った。その瞬間、胸騒ぎがした。電話の相手はユキツグの近くに住む切り絵作家のナベさん。

「いいですか、落ち着いて聞いてくださいよ。ユキツグさんが死んじゃった！」

嫌な予感が的中した。

その夏は異常な猛暑だった。全国で何人もが熱中症で亡くなっていた。クーラーも水道もない廃屋で、木彫り制作に励むユキツグのことが彼も気にかかっていたのだ。

何度か電話をしたが、「お客様のご都合でお繋ぎできません」と。木彫り作品が売れてわずかな金が入ると酒につぎ込んでしまう彼にはよくあること。

北の民族である彼は暑さが苦手だったから、他の仲間もユキツグのことを気にかけて、時々訪問していたという。

ユキツグが死んだ……。

熱中症だったのではないだろうかと、救えなかったことが悔やまれた。

第一発見者は同じ町に住む工芸仲間のナカムラ君。ナカムラ君は瓢箪《ひょうたん》ランプなどを作っている。その日、ナカムラ君は浜松で開催されるクラフト展に行く予定でユキツグを迎えにきて、工房で下着姿のまま倒れている彼を発見したのだった。

検死の結果、死亡推定時刻は早朝4時頃。発見された時は8時間が経っていた。遺体は警察に安置されており、親族が来ないと何も進められない。

東京に住む弟二人に連絡を取り、来てもらうことになった。

佐藤もあちこちに連絡を回し、撮影現場から仲間とユキツグの弟を拾って静岡にそのまま向かった。現地に着いたのは夜の10時半頃。車を降りるなり、ムラマツさんが泣きながらすがりついてきた。

「ごめんよお。ごめんよお。俺がそばにいながら……」

「なにいってんだよ。ムラマツさん。誰もそんなふうに思ってないよ。自分の責任だよ。犬、猫じゃないんだから……」

いや、犬や猫ならもっと本能を働かせて自分を守ったはずだと佐藤は思った。

ムラマツさんは同じ集落に住む庭師で、ユキツグのことを面白がって好きになり、地元の有志と廃屋に電気を引いてくれて、近隣への挨拶にも連れていってくれた。

ユキツグの静岡での保証人、親代わりのような存在の人である。奥さんからも親しまれたユキツグはよくご飯もご馳走になりに行き、何かと世話になっていた。

ムラマツさんの無念さが痛いほどわかった。

東京から駆け付けた弟たちが警察で事情を聴かれた。次々にバイクや車で駆け付ける仲間とともに、佐藤も霊安室でユキツグと対面した。

ドライアイスで冷やされたユキツグは真っ白で、蠟《ろう》人形のようだった。佐藤が知っているユキツグとは別人に思えた。

北海道から来る予定の兄と、離婚している元妻と息子、娘が来るまでは、何も方針が決められないので、翌日までそのまま警察に安置されることになった。

奥さんが入院中であるムラマツさんの家で仲間が集まり、酒を飲んだ。ナカムラ君から発見した時の様子が語られた。

彼もユキツグを気遣い、ほぼ毎週のようにお茶とお菓子を持って様子を見に行っていたようだ。忙しくひと月ほど訪ねることができなかったが、たぶん他の誰かが顔を出してくれていると思っていたと、救えなかったことを悔しがった。

その日は、久しぶりにいろいろと話したくて、約束の時間より２時間早くに工房に到着したそうだ。広い部屋の奥で大の字で寝ているユキツグが見えた。寝入っているのか、声をかけても返事はない。

いつものように差し入れのお茶や凍ったペットボトルを冷蔵庫に入れて、窓を開けた。

しかし、作りかけの作品を手に、いくらの値を付けるのかなどと話しかけても、一向に返事がなかった。近くに寄って見たら、ユキツグは目を見開いたまま。まさかと思い揺り起こそうとしたら、すでに身体は冷たく硬直していたという。

パニックのまま、とにかく119番通報をした。住所が言えず、わかる範囲で道順を伝え、外で救急車が来るのを待った。急いでムラマツさんに知らせようとしたが不在で、ナベさんに連絡をしても、最初は冗談だと取り合ってくれなかったという。

そしてユキツグを乗せた救急車の後ろをナカムラ君は必死に車で追いかけた……。


明け方、仲間たちはユキツグの家に移動した。新しく到着した仲間も加わって、誰からともなしに遺品を整理し、片付けが始まった。

道具類やすごい数の作りためた作品、雑誌、CD、洋服が散乱していた。何百本という酒の空ボトルが出てきた。これだけの酒をユキツグは全て飲んだというわけだ。

発見時、なぜか玄関の表札は外され、窓も閉め切ってあった。里山に面した一面の窓は冬の名残で、雨戸を閉めビニールで目張りをしたまま。佐藤が雨戸を外し、ビニールを取り去ると、風が吹き抜けた。

「ああ、なんでユキツグはこうしなかったんだろう、バカだな！」

大汗をかきながらみんなで片づけて、ホームセンターやコンビニに買い出しに。着の身着のまま、慌てて駆け付けた者ばかりで、下着と靴下の替えもない。町の浴場にむかい、汗を流した。

夕方、かなり昔に別れて、連絡を取り合うこともなかったというユキツグの元妻と息子、娘の三人の遺族が新幹線を乗り継いで到着した。30代半ばの息子は工房に立ちすくみ、膝をついて拳を握りしめ激しく嗚咽《おえつ》した。14年間、父親と会っていなかったという。

家族の間に何があったのか、佐藤は何も知らない。別れた妻子がいるとは聞いていたが、それ以上、ユキツグは家族のことを語りたがらなかった。

仲間と戯れ浴びるように飲んだ酒も、別れた家族との孤独を埋めるものだったのだろうか……。

廃屋の工房の前には蛍が見られる小川が流れている。いつかそこで洗濯をして、近所の人に注意されたユキツグだった。その小川に羽黒トンボが舞っていた。


暗くなりかけた頃に、北海道から二番目の兄が大阪に住む娘と合流して到着。親族が揃ったところで、ムラマツさんの家で今後のことが相談された。

兄から佐藤も仲間も知らなかった北海道でのイキサツが語られた。かなりあちこちに迷惑をかけたまま、逃げ出すように東京に出て来たようだった。

結局、普通の葬儀は執り行わず、ごくごく簡単に火葬だけするということになった。友人が家族の決めたことに異議を唱える筋合いではない。それも仕方がないことだと受け止めた。

親族、友人一同で遺体を引き取りに警察に向かった。

親族も後から到着した仲間もユキツグと対面した。ムラマツさんが手配した霊柩車《れいきゅうしゃ》が到着し、仲間たちが役所に死亡届、火葬許可の手続きに走った。翌日の11時から地域の火葬場で荼毘《だび》にふすことが決まった。

霊柩車がムラマツさんのほうで話をつけてくれた知り合いの寺に出発する段になって、息子たち遺族は、終電車の関係でこのまま帰らなくてはならないことがわかった。

「いいのかっ！　これが最後なんだぞ!?」

これから寺で通夜をするから来るように、ユキツグの一番下の弟が彼らを説得したが、

「いや。もう。どうしようもないんです」

深々と頭を下げて、ユキツグの遺族は去っていった。

佐藤は何も言えなかった。名前すら聞くこともできなかった息子たちにただ、「元気で！」と言うしかなかった。

急な坂を上った山の中に、その曹洞宗《そうとう》の寺はあった。ムラマツさんの友人である住職の厚意にあずかり、広い本堂にユキツグを安置させてもらった。

住職の心遣いで花と灯籠《とうろう》、焼香台がしつらえられてあった。それがユキツグの通夜となった。

ほとんどが着の身着のままで駆け付けた普段着のまま。後から到着した者には喪服姿の者もいたが、義理で来ている人は一人もいない。そそくさと帰っていく人も一人もいなかった。

柩《ひつぎ》のユキツグに向かって、それぞれの想いをぶつけた。泣きじゃくる者、勝手にさっさと逝ってしまった男に対する怒りをぶつける者。

異常な暑さの中、気にかけながら救えなかったことを悔やみ残念がる者。ユキツグとの関わりを張り合って、喧嘩になる者もいた。

降りしきる雨の中、ユキツグとともに寺で最後の夜を過ごした。

翌朝、コンビニで買った朝食と片づけを済ませると、寺の住職による出棺の読経が始まった。

「今までは縁がなかったが、これが縁というもの。最後までお付き合い致します」

と立派なお経をあげてくれた。葬儀社による見栄えがする祭壇も供花もない質素なお葬式だったが、なにか立派なお葬式をしてやれた気がした。

でもユキツグは、もしかしたらアイヌプリの葬儀で送られたかったかなと、頭をよぎった。

しかし、それは叶わぬこと。またそれが今の時代のアイヌの在り方であるのかもしれないと思った。

正式な葬儀はしないと伝えたために、会葬を諦めた人もいたにちがいない。来られる人にはお別れに来てもらうべきだったと、後悔がチクリと胸をさした佐藤だった。

火葬場までは車で約1時間。近代的な火葬場で、柩に最期のお別れをした。菊の花をユキツグの兄弟と仲間で入れた。ユキツグはたくさんの花に囲まれて、炉の中に消えていった。

茶毘にふされている間、三々五々食事を取り、たばこを吸って、時には冗談も言い合う。

「そんなもんだ。それでいいんだよ。奴は旅立ったんだから」

栄養不足でアルコール漬けになっているから、骨はボロボロかと思っていたら、予想に反して、焼き上がった骨はずいぶんと骨太だった。

一部は東京へ帰り、遺族とその他の会葬者はユキツグの工房へ向かった。北海道から来た兄は初めて工房を見た。おびただしい道具類や作品は居合わせた人に形見分けをすることになった。

弟子や思いのある人たちがこれからも使ってくれたら、それに越したことはないだろうと。北海道からユキツグの木彫り仲間も来ていた。

最初に集まった面々が、ムラマツさんの家に集まり、発見時の様子や最後に会った時の様子などを改めて聞いた。

ナベさんもナカムラ君のように異常な暑さの中、ユキツグを心配して、時々訪ねてくれていたのがわかった。

14年前にユキツグが東京に来たときに、末の弟が連絡をとって会わせたのが、彼が別れた妻子と会った最後になったという。その後は連絡も途絶えたままだったらしい。

「ひと目でも会いに来てくれて良かった。それで兄貴も満足しているよ」

とすぐ下の弟が呟いた。

謎はいくつか残ったが、考えてもしかたがない。もともと合理的に行動するユキツグではなかったのだから。

夕方、東京へ戻るために高速道路に向かう途中の山道で、異様な空を見た。雲がいくつものひだになって連なり、その後ろから赤い夕陽が差していた。

葬式帰りには皆、何かを感じたいと思うものだが、やはり何かを感じ取ろうとした佐藤だった。ユキツグとは3年ほどの短い付き合いで終わってしまった。

ユキツグの遺骨は兄が北海道に持ち帰り、彼の両親も眠る家の墓に納骨された。

秋になって、仲間たちでユキツグ追悼のキャンプをした。場所は亡くなる一年前にユキツグと行った、静岡の隣町のキャンプ場である。

東京のユキツグの弟二人も来てくれた。葬式で世話になったお礼を伝えたかったという。ユキツグの地元の仲間や東京の友人など20名ほどが集まり、賑《にぎ》やかな追悼キャンプになった。

買い出しに、火おこし、料理と皆いそがしい。明かりがともされ、ドラム缶の炭に火がおこり、ナベさんの開会宣言で乾杯。他に客は誰もいなくて、だだっ広いグラウンドを彼らだけで専有した。

飲んで食べて、それぞれ愛用のユキツグの木彫りを自慢して見せ合った。秋の夜空に浮かぶ月を天体望遠鏡で眺めながら、子どもたちははしゃぎまわり、大人たちはゆるーく、ゆるーく酔っていった。

佐藤はその日のために作った追悼ビデオを披露した。みんなの心の中にユキツグが蘇《よみがえ》った。元気な時のユキツグ、仲間と笑うユキツグ。木彫りに没頭するユキツグ。そしてあの日のお葬式の思い出も詰まった追悼ビデオだった。

他の仲間が用意してきたユキツグ・フォトアルバムショーを、切り絵作家のナベさんが繊細極まる切り絵を披露する。モチーフはユキツグ。

みんなユキツグが好きだったのだ。

酔いが回り眠気に襲われていると、何やら音楽が聞こえてくる。長い髪の男が西アフリカの民族楽器のコラをつま弾いていた。

一年前のキャンプの時はインドネシアの民族楽器のガムランが出てきたというから、何という不思議な仲間たちなのだろう。

コラは瓢箪に弦を張ったアフリカン・ハープで、優しい音色を奏でる。少女の頃からユキツグを知る、アイヌの歌い手のエミも家族と来ていた。

エミがコラを手にしてつま弾くと、コラの柔らかい音色は不思議なことにアイヌの伝統楽器のトンコリにも似た音色を奏でる。

「歌おうか？」とゆっくりと呼吸をするように、エミがアイヌの伝承民謡のウポポを静かに歌い始めた。

〝エーエイ　エアウア、エーエイ　エアウア……〟

男は探るようにコラをつま弾き、ウポポは神秘的に夜空に響いた。あの世のユキツグにも届いたに違いない。

いつしか酔っぱらいたちは眠りにつき、焚き火を囲む数人になった。薪はとっくにないが、野性をもった心優しき男たちが次々にどこからか拾ってくる。

焚き火は魔力を持っている。ディープな夜はこうして更けていった。

翌日はゆっくりと朝食をすませ、キャンプは解散となり、川で遊ぶもの、温泉に行くものと思い思いに帰っていった。またここで会うことを約束して。

佐藤はユキツグの葬儀を振り返り、しみじみと言葉にした。

「あんな純粋な葬式は初めてだった。もしかして、大昔の人の葬式ってこうだったんじゃないかな？　大切なのは儀式じゃないんだよ」

ユキツグが亡くなった翌年、２０１１年3月11日に、東日本大震災が日本列島を襲った。その少し前からエミと妹フッキの姉妹を追いかけて撮影して出来たのが、ドキュメンタリー映画『kapiw と apappo～アイヌの姉妹の物語～』なのである。

前述のアイヌ料理の店で、エミはユキツグの紹介で彫金作家の夫と出会い、結婚した。家族でこの追悼キャンプにも参加していた。

アイヌ料理店「レラ・チセ」で、人々は偶然に出会い、繋がっていったのだ。

２０１5年8月、ナカムラ君は自身のフェイスブックに、ユキツグを偲《しの》び廃屋を訪ねたことを書いている。

「あれから5年。果たしてちゃんと天国へはたどり着いたのだろうか。

道草食って、色んなとこでお世話になっているのかな……」

廃屋を写した写真には空き缶に線香が炷かれていた。

彼は毎年ユキツグの命日近くにはあの工房だった廃屋を訪ねているという。年がかなり離れた二人は一緒にクラフト展に出展していると、よく親子に間違われた。

「こんな出来の悪い親を持った覚えはない！」

「こんな出来の悪い子をつくった記憶はない！」

とよく笑い合った日々が懐かしい……。

水道もない廃屋に厚意で住まわせてもらい、携帯電話代の支払いにも困るほどの暮らしを送っていたユキツグだが、最期には最高の弔いで送られた幸せな男である。

家族にも相当迷惑をかけたようだが、故郷の先祖の墓で眠りにつくこともできた。

外で優しく、面倒見がよい男が必ずしも家族にも優しい存在とは限らない。

家族のことは家族にしかわからない。

これもこの家族にふさわしい別れ方なのではないかと思った。


ユキツグが旅立った夏から、すでに11年が経つ。

ユキツグを通して出会った仲間はその後もずっと縁を繋ぎ、ユキツグを偲ぶ会のキャンプは今も続けられている。

ユキツグの恩人とも言うべきムラマツさんは、あの追悼キャンプの当日に妻を亡くし、彼も既に不帰の人となっている。生と死は繋がっているというのは本当かもしれない。

明日を迎えるように、いつかは誰もが死を迎え、向こうの世界に渡って逝く。

親族への取材で、ユキツグが亡くなった翌年、元妻と息子と娘の三人が墓参りに北海道を訪れていたことを知った。

別れた家族は家族なりにユキツグの死と静かに向き合っているのだろう。

「葬送」はどんな理由があっても家族としての最低限のつとめだと強く言う人もいる。人は、「最期ぐらいは」「後悔しないように」と、「けじめ」という言葉で無理に背中を押したがるが、遺族にとって「死」ですべてを水に流し、いきなり過去をなかったものにすることは難しい。

もしも家族に出来ない、辛いと思うことがあったとして、故人やその家族のために何か少しでも手伝わせてもらうことが出来たら、友人としてこんな有り難いおみおくりはないと思う。

第2章　絶縁家族の乾いた別れ

愛着障害に悩んできたヤクザの息子

30年近く前に他界した父の葬式には一粒の涙も出なかったけど、その父の命日をキャッシュカードの暗証番号にしているという男性に会った。

「親父としては大好きだけど、男としては最低！　絶対に許せない！」

という佐野靖彦さん（59）。

佐野さんの父はヤクザだった。父が刑務所に服役している間、母はキャバレーのホステスとして働いていた。夜逃げのような引っ越しを何度も経験した。

佐野さん自身ずっと対人関係に悩み、人生に躓《つまず》きながら生きてきた人だ。転職した会社は30社以上。

「自分はなぜ、人と同じことが出来ないのか？　普通に働けないのか？」

自分を責め続けうつ病になった。引きこもりが長くなれば生活も困窮して、何もかもがどん底に追い詰められた。

6年前に初めて生活保護を受け、カウンセリングを受けたことが彼を救った。でなければ孤立死していたのかも？

自分が抱えていた生きづらさの原因が「愛着障害」によるものだったことがわかり、初めて自分のそれまでの人生に納得がいき、自分と向き合うことができたという。

佐野さんは母親に抱かれた記憶がなく、今でも親しさを一切感じない。母の料理を一度もおいしいと思ったことはなかった。佐野さんにとっての家庭の味は「親父の味」なのだという。

「愛着」とは親に対する安心と安全をベースとした信頼関係を意味する。

精神科医で「愛着障害」に詳しい高橋和巳氏は著書『「母と子」という病』の中で、以下のように述べている。

「子育てで最も大切なこと、それは子どもを甘えさせることである。人がこの世に生まれてきて、甘えを学べるのは親から以外にはない。

小さい頃に親に甘えた体験が少ないと、子は生涯にわたって緊張と不安を抱いて生きることになる。そうすると、生まれ持った能力を十分に発揮できないだけでなく、大人になってうつ病や不安障害の原因にもなる」

子どもが２歳になるまでに親子で愛着関係が築かれないと、大人になってからも辛い思いを引きずってしまうことになるようだ。

愛着関係が「ある」か「ない」のかが、心の発達の出発点なのだという。

さらに、高橋氏は同書で次のようにも述べている。

「ほとんどの人は、優しい母親であろうが、厳しい母親であろうが、愛着関係が成立していた環境で育っている。しかし、少数の子どもたちは（おそらく人口の五〜一〇パーセント）母親と愛着関係を持てず、つまり愛着障害を抱えたままに独りぼっちで育っている」

佐野さんがまさにその五〜一〇パーセントの独りぼっちで育ってきた人だった。

「普通の人にはわからない。想像もつかない世界だと思うよ」

と佐野さんは静かに語った。

そんな佐野さん（以下敬称略）の人生を彼と一緒に辿ってみたい。


佐野靖彦の出身は岡山県。2歳の時に住んでいた借家の二階の窓から、電車通りに落っこちた。意識不明の状態で入院、奇跡的に助かった。

たった2歳で「九死に一生を得る」経験をしたのだ。

その当時に住んでいた民家は一階がヤクザの事務所。当時、父親は会社勤めだったが、恐らくこの頃からヤクザの世界と関わることになったのではないかという。

3歳の時に弟が誕生したが、生後一週間で乳児院に預けられ、養子に出されて、会ったことはない。弟の存在を初めて知ったのも、今から20年ほど前のこと。

米軍基地の米軍兵士夫婦の養子になって、アメリカに渡ったことまで調べられたが、その先は不明のままである。

実は靖彦には双子の兄もいた。その兄は父の姉に預けられて育ち、自分に兄がいることを知ったのは小4のとき。初めて会ったのは小6の時だったという。両親は生活が苦しいため、大怪我《けが》をした靖彦だけを手元に置いて育てたのだろうか？

靖彦が３歳の頃、父は逮捕され尾道《おのみち》の刑務所に服役した。理由はわからない。留守の間、母はキャバレーのホステスとして働いた。

その頃、母と二人で暮らしたのは、元娼家《しょうか》の二階の貸し間。母親が帰ってくるまで、靖彦は大家さんと過ごして待った。

大家さんはそのかつての娼家の元経営者だったから、靖彦のような家庭の事情に理解があったと思える。だが幼いながらにも遠慮があり、わがままを言って甘えられる存在ではなかった。

靖彦には父に会った日の鮮明な思い出がある。それが靖彦にとって父という人を知った、一番古い記憶なのである。４歳の靖彦は、母に連れられて尾道の刑務所に父に会いに行った。

その帰りの夜汽車で食べた冷凍みかんが、今でも忘れられない思い出だ。芥川龍之介の小説『蜜柑』で、少女が汽車の窓から蜜柑《みかん》をばらまくシーンがある。それとあの冷凍みかんの消え入りそうな弱いオレンジの色が、靖彦には符合するのだ。

小学校に入ったころ、父が出所して戻ってきた。

母はキャバレーの仕事をやめて、家族三人の生活が始まったが、いきなり、それまでの平穏な生活が一変した。平穏な家は「暴力」の支配する場になった。

父は酒が入ると、母に暴力を振るった。不思議なことに靖彦には手を上げなかったが、父による母へのＤＶを目前に見ることは、幼い靖彦を深く傷つけた。心理的な虐待と言ってもいいだろう。ヤクザの父の暴力とは家庭内暴力を越える凄《すさ》まじいものだったに違いない。

ちゃぶ台返しはいつものこと。母は電話器で殴られ、顔を腫らしていた。生まれてからの不条理なことへの不満が溜《た》まっていたのか、父は酒を飲んでは、くだを巻いて暴れた。

小3の時だった。なんと父は自らが組長になって、今度は木造の借家の自宅が組事務所になったのだ。父は二人の舎弟を抱えていて、その一人は知的障害のある人だったと、靖彦の記憶に残っている。

引っ越しは小中時代に合わせて13回、転校は小学校の時に4回もしている。1カ月しか行かない学校もあった。夜逃げ同然の引っ越しも一度や二度ではなかった。

父自身も苦労を重ねた生い立ちだったようだ。3歳の時に列車事故で父親を亡くしている。母は身体が弱く、姉が一家の大黒柱として家族の家計を支えていたため、高校時代から料理や家事をこなしてきた父だった。

兄との三人きょうだい。次男の父は親戚の養子に出され、ひとり違う姓を名乗っていた。

「親父の料理はうまかったですよ。俺は親父の味で育ったんです」

意外なことに、父は子煩悩でとても教育熱心な人だった。小学生の靖彦と一緒に宿題をして、そばで勉強を教えたという。行儀作法などの躾《しつけ》も厳しく、叱られると、玄関の三和土《たたき》に正座をさせられた。

「親父は頭がいい人でしたね！　貧しくて、大学には行かれなかったから、子どもには勉強をさせたかったんじゃないかな。自分のうだつが上がらない人生にもどかしさを感じていたんでしょうね」

漫画『巨人の星』の主人公、星飛雄馬の父、星一徹みたいなところがあったという。星一徹も自身の人生の挫折を息子に期待することで埋めようとした父だった。

だが、靖彦の父は息子に暴力を振るったのは一度きりだと言う。

当時はまだ、躾を理由にした体罰が家庭や学校でも認められていた時代だったのに、とても意外な感じがした。しかし、靖彦には直接に暴力を振るわなくても、彼は暴力を日常で目の当たりにしていた。ヤクザの暴力を。

父のことを大好きというのは、やはり父には優しいところもあり、可愛がられた思い出があるからだろう。

家族三人で食卓を囲み、父は息子の勉強をみてくれるなど、家族として過ごした時間は一般の家庭よりも多くあるのに、なぜか不思議と母の姿が見えてこない。靖彦からは母の思い出は一切語られないのだ。


小4の時に、自分には双子の兄がいることを初めて知らされた。自分にも兄がいるということが嬉しかった。この頃通っていた小学校からは学区で一番遠いところに住まいがあった。大きな池を回り、友達も近くにいなくて、孤独な片道30分の通学路。

あの頃、クラスに母子寮に住む同級生がいて遊びに行っていたのが、のちの社会的弱者へのまなざしに繋がるような気がすると、靖彦は少年時代を振り返って語った。

小5の時は、人生で一番嫌な時期だったという。父の母への暴力はますます激しくなっていった。父の暴力が怖くて、押し入れに引きこもっていた。

押し入れは一番落ち着ける唯一の居場所だったのだ。

父が組から離れたのは、この頃ではないだろうか？　時期の記憶は定かではないが、父の両手の小指の先は詰められていた。

きっと組から抜けるための「落とし前」を命じられたのだろう。

家で父はいつも荒れていた。働かずに家にいつもいる父が疎ましかった。心のどこかで「逃げたい」と靖彦は思っていたのかもしれない。

自殺願望ではないけれど、無意識に人に見つからない場所を探す少年だった。

5年の夏休みに裏山に夏休みの宿題の絵を描きに行った。辺りが暗くなっても帰ろうとしなかった。それが少年、靖彦の初めての家出だった。すでに山には夜の闇が迫っていた。警察を呼ぼうかと騒ぎになった時に、父に見つけられて、帰ることになったのだ。

不安と恐怖から解放されてホッとした気持ちと、またアノ生活に戻るのかと、不思議な思いだったという。

設計士になろうと思ったのは小6の頃。その頃、父は組から足を洗い、サラリーマンをしていた。夏休みの宿題の絵を父の同僚に見せたら、「将来、設計士になりなよ」と言われたことをきっかけに、少年には人生の目標ができた。

小4の頃から、自分の道は自分で切り拓《ひら》いていこうと考えていた。自分の家族はいずれ分裂していく予感をこの頃から持っていたという。それが設計士という夢を持つことで、ハッキリと進むべき道が見えてきたのである。

両親は二人とも反面教師だった。設計士になるために熱中することは、今思うと、それは両親へのストレスを緩和するための回避行動だったと振り返る。

小6年の夏休み、父の姉に育てられている兄と初めて会った。

同じ岡山県で、車で一時間半ほどのところに双子の兄は暮らしていた。

3歳で別れて、12歳で会うまで、会おうと思えば会える距離にいたにもかかわらず、双子の兄弟は親の都合で別々に育てられたのだった。兄とふつうの兄弟のようになりたいと思った。しかし、兄をそのまま伯母のところに置いて、両親と靖彦は家へと戻っていった。

伯母は独身で弟の子を預かり、育てていたのだ。伯母は明治気質《かたぎ》の厳しい人で、遊びを許さない人だった。そんな伯母に兄も甘えることは出来なかったようだ。物心がつく前に親元から引き離された兄もまた、愛着関係が築けないままに育ったのである。

中1の頃が生活は一番困窮していたという。借金のために親は離婚。といっても半年後には一緒に暮らしていたから、便宜上の離婚だったのだろう。靖彦の姓は林から母方の佐野に変わった。この時に初めて、自分の気持ちを口にしたら、

「親のやることに口出しをするな！」

と父に恫喝《どうかつ》された。それ以来、靖彦は父に何も言わなくなった。中学では事情を話し、そのまま林靖彦として過ごしたが、中学の卒業証書は佐野靖彦の名になっていた。

彼の中学時代はどんなだったのだろう？　過酷な家庭環境で育ち、いじめなどは受けなかったのだろうか？　通った中学は市内でも有数の不良のたまり場。

授業の合間に3年生の不良たちが各教室を回って恐喝をしに来るような学校だった。

「いじめを意識したことはなかったですね。こっちは不良どころか、小学校からホンモノのヤクザを見慣れていますからね。毅然《きぜん》とした態度で『金はない！』といえば、それっきり。二度と来ません。不良とは関わりはなかったけど、一目置かれていたと思います」

と彼は笑いながら、答えた。


高校からは佐野靖彦として人生を送ってきたという。ここでも高校以後の彼を佐野と呼ぶことにしよう。

佐野は建築を勉強するために地元の工業高校へ進んだ。父の母校でもある。父は化学科で、靖彦は建築科に。同じサッカー部だった。

睡眠時間を惜しんで建築設計に没頭し、徹夜も珍しくなかった。

不良なんてことは目の端にもなく、ひたすら建築の道に一途に突き進んでいた高校時代だった。

「湖畔に建つ週末住宅」のコンペに応募して見事全国金賞を受賞した。金賞受賞者は五人。息子を自慢して父は歓喜したが、できれば息子に一番になってほしかったようだ。家族が集える家庭に憧れて、「茶の間」「コミュニティー」をテーマにした。

高２の正月に兄が怪我をして通院のために、同居することになった。高校卒業まで、初めて親子四人で暮らしたが、長年の溝を埋めるには至らなかった。

その頃も、生活は困窮し、毎晩のようにサラ金の取り立てが来た。風呂の明かりは消して、無音で入る。見つかって裸で逃走して連れ戻されたこともあった。佐野に反抗期はなかったが、もう父へは嫌悪感しかなかった。

才能を見込んだ中学の教師から高専の建築科の受験を勧められたこともあった佐野だった。しかし、兄が大学進学を希望していたため、弟は高卒で設計事務所へ就職する道を選んだ。兄は四国の国立大学に進んだが、学費滞納で中途退学をしている。二人の兄弟は奨学金も受けていない。

時間があれば名建築を見て歩き、カタログや実施図面を収集して、独学でも建築を学んでいった。設計事務所に就職したとき、世の中はバブル時代。建築ラッシュで建築業界も多忙を極め、残業は月に２００時間のこともあった。

21歳の時に、一人暮らしを始めた。両親は借金を逃れて、息子にも居場所を言わずに2年ほど行方をくらましていた。酒とたばこも覚え、夜の遊びへのめりこんでいった佐野だった。父譲りの遊び人の血がそうさせたのか？　寝ずに働き、寝ずに遊んだ。

やがて、工業高校の先輩が所長を務める設計事務所に誘われて移った。しかし、少数精鋭の事務所で仕事に求められる経験と専門知識の高さに、自信を失った。

この頃から将来に行き詰まりを感じ始め、佐野の引きこもりが始まったという。

また、その職場に流れる空気が父の暴力を彷彿させたのも一因かもしれない。

一度に押し寄せる社会人としての責任の重さに、人間的に未熟な彼は耐えられなかった。

そうした彼を心配して、職場の関係者が「ヤマギシ会」の特別講習会の一週間の合宿に誘い出したのだった。

「ヤマギシ会」とは農業と牧畜業を基本とするユートピアを目指す団体である。所有の概念を全否定し、「無所有一体の生活」を信条としている。

佐野はそこで出会う陽気な人たちに驚いたという。血縁を超えた家族のような関係は、暴力の世界の家とは一線を画していたのだろう。

佐野は農業よりも、そうした「生き方」に惹かれた。

その数カ月後に、佐野は設計事務所を離れた。以後は設計の仕事だけでなく、新幹線の軌道工として終電から始発まで働き、建設作業員、木工・家具製作など転職を重ねたが、どれも長続きはしなかった。

彼はその後に自由を求めてヤマギシ会に入り、岡山や三重、松本、栃木で生産物の移動販売、牛乳パックの製造などをして、7年ほど働いている。一日16時間労働という重労働にも耐えて働いた。

佐野が松本のヤマギシ会で働いていた頃、父が亡くなった。そのころ両親は神奈川県にいた。知人のつてで、夫婦で看護学校の寮の住み込みの管理人として働いていた。

そして父ががんになり、2年ほど闘病を続けていたのだった。がんが全身に広がり末期だと聞いていたが、たまたま見舞いに行ったその日に亡くなった。朝に危篤の連絡を受けた母と兄も来ていた。

佐野が病院に到着したのは午後2時。父はチューブに繋がれて、もう何も言うこともできなかった。あれだけ暴力の限りを尽くしてきた男が、ただ息だけをして、そこに横たわっていた。父の顔には死相がでていた。

1時間後の午後3時に父は息を引き取った。享年55。双子の兄弟が31歳の時だった。殴られ続けた母は号泣して、父の亡骸にすがりついた。

兄は一粒だけ涙をこぼしたが、佐野は一粒の涙も流さなかった。

「死んだんだから、許してやれよ……」と兄が呟き、

「それは別だよ」と弟は答えた。

親父としては大好きだが、一人の男としては最低だった。最後まで父を許すことはできなかった。父親は怖い存在だったから、まともに見ることはなかった。いつも父親から逃げていたという。

だが実は父のほうこそ佐野のことを怖がっていたと、母から聞かされた。反抗もしないが、

ものも言わず、自分に意見もしない息子の本心が何よりも怖かったのだろう。

「これからは親子の関係でなく、一人の大人同士として付き合っていこう」

と通夜の席で、喪主の兄は母と弟に向かって言った。兄の母への「乾いた愛情」が言わせた言葉だった。父亡き後に、兄弟にとって母と情をつなげることは厳しかったのだ。

家族三人と知り合いを合わせて約20人ばかりのこぢんまりしたお葬式をした。組員らしき人は来ていなかったので、恐らくその筋には知らせなかったのだろう。

ヤクザの組を抜けても、関西を離れて関東にたどり着くまで、組との関わりは何かしらあったのではないかと、佐野は思っている。

父の遺骨は養子に行った先ではなく、両親も眠る岡山の実家の墓に納骨された。十七回忌を最後に、佐野は父の墓には参っていない。

その実家の墓も親族によって墓じまいをして合祀《ごうし》されたと聞いている。

佐野のキャッシュカードの暗証番号は父の命日。

「供養なんてカタチじゃないよ。儀式はいらない。お金を引き出すたびに、親父を思い出すじゃない。俺はそれでいい。墓があろうとなかろうと、自分の中で生きているものでしょう」

と佐野は語った。

父の作った手料理の味を、今でも舌が覚えている。素材を活かした料理の知恵を引き継げたのは、父からの一生モノの贈り物だという。

「親父が作ってくれた素麺《そうめん》のだし汁は最高に旨《うま》かったね！」

父の没後も五年ほどヤマギシ会で働いたが、理念に疑問を感じ脱会した。一時は注目されたが、この頃には多くの人がヤマギシ会から離れていったという。

その後は、派遣や設備工事、清掃、ＤＭの仕分け、便利屋などあらゆる業種の仕事をしてみたが、どれも長くは続かなかった。これまでの佐野の転職は30回以上。

「自分はなぜ、人と同じことができないのか？　普通に働けないのか？」

と自分を責め続け、鬱から引きこもり、生活が困窮してどん底を味わった。何回も自殺を考えた。海外の見知らぬ街にたどり着いて、行き倒れる最期を思い望むようにもなった。

６年前に行き詰まって役所に相談に行き、初めて生活保護を受給した。相談係の人から「引きこもりの回復には時間がかかる」と言われた。まずは生活を安定させ、自分に向き合う時間をとることにした。

家賃補助費内で借りられる物件は一件しかなく、東京・石神井台のアパートに転居。

しかし、当時の心境を正直にいえば、「これでやっと引きこもれる」という気持ちだったという。対人関係も苦手、被害妄想だと人からは思われる。

道で人と行き交うだけでも恐怖心に繋がった。

精神科を受診して投薬治療を受けたが効果はなく、カーテンを閉め切り、閉ざされた家にこもる日々を一年ほど続けた。

そんな彼を表に出させたのは、意外にも大雪だったのだ。降り積もった雪で立ち往生している車や近所の人を部屋のカーテンの隙間から見ていた佐野は、翌朝、早朝から雪かきを始めたのである。

近所の人から感謝されると嬉しくなり、雪かきされていない場所を探して、さらに雪かきをした。人から必要とされることが、彼を少しずつ変えていった。

季節が変わり、春になれば桜吹雪を、秋には落ち葉を。掃除が近所の人とのコミュニケーションのツールとなっていった。そして近所の公園まで行動範囲を広げていったのである。

竹ぼうきで掃く作業は、ずっと下を向いたまま。人と目を合わさなくて済むのが彼の性に合っていた。

生活保護を受け始めてから9カ月目に、カウンセリングを受けるようになって、佐野の人生は大きく変わった。カウンセラーから「愛着障害」という見立てがされたのだった。

2年間にわたり、延べ25回。カウンセリングを受けた。児童虐待防止講座も6回受講。佐野は「自分の正体を具《つぶさ》に知る」ことを望んだ。

「勇気がある人ですね」とカウンセラーは佐野に言った。カウンセリングによって、過去の空白が腑《ふ》に落ちる感じがしたと佐野は言う。

2年に及ぶカウンセリングで過去にとらわれたままの自分から、現実に目が向くようになった。愛着障害の専門家であるカウンセラーとの出会いは、佐野にとってこの上ない幸運につながったのである。

今、彼は生活保護を受けながら社会貢献できることはないかと、活動を広げている。東京・立川のコミュニティーカフェで月に2回、料理人を務めて、料理の腕をふるう。地元のサラリーマンからホームレスまで様々な人の出会いの場となっている。

個人的には新宿のホームレスに酵素玄米のおにぎりを配っている。夏場には暑さで傷まないように梅を入れて炊くという。

自身の通称「ラスカル」にちなんで、毎月「ラスカレーの日」を設け、誰もが自由に集える場として自室を開放していて、筆者も春のラスカレーの日に参加させてもらった。きれいに整頓され、掃除が行き届いた部屋からは借景で満開の桜が見えた。

スパイスから時間をかけて煮込まれたカレーとこだわりの珈琲は絶品！　集う人が弱みを隠さず、本音で語る豊かな春の宴のひと時を楽しんだ。

佐野靖彦という人は、なんて生真面目で不思議な人なのだろう！　頭の良さは父親譲り？　正義感の強さと仁義と礼節を重んじるところも、父親の厳しい躾からなのか？

誰もが与えられた環境に生きる宿命を背負っている哀《かな》しさがある。反社会的勢力に対しても、不正な助成金受給にも厳しい社会であるべきだと思うが、子は親を選べない。親がいるがためにに福祉の手が子どもに届かないもどかしさを感じるのだった……。


ところで、「愛着障害」とは何か？

「母子関係の歪《ゆが》み」や「愛情不足」と混同されやすいようだが、そうした関係とは別に、まったく愛着関係の成立していない母子関係がある。

たとえば母親の前で転んでも、助けを求めずに一人で我慢している子、それを見て駆け寄ろうともしない母親の母子関係のことだという。

佐野は父親が服役していた間の母との二人暮らしの思い出を、一人ポツンと存在しているような空虚な感じだったという。幼い頃から母親のことを「この人は信用できない」と心の奥深くで諦めていたところがあった。

21歳まで親元で暮らしたのに、母という人が昔風の日本美人だったという以外に、不思議なほどまったく見えてこない。

佐野から語られる父への想いには怒りや反発、侮蔑の感情と相反する溢《あふ》れる情も感じる。それなのに、佐野は母を語ろうともしない。母に抱かれた記憶がないのだという。

父が暴力を振るい続けても、耐え忍び従った母。毒親ならその鬱憤《うっぷん》はさらに弱者の子どもに向けそうなものなのに、彼女はしなかった。

母は暴言を吐くことも、暴力を振るう夫の愚痴を吐くこともしなかった。母親に佐野が虐待されたことはない。なのに、佐野にとって母は「信用できない人」だと言う。

母に対しては憎しみもないし、嫌いでもない。だが別に気にもならないし、感謝の気持ちも湧いてこないのだという。それは兄も同じだった。

父が闘病生活に入ってから、兄は高知から両親の近くに引っ越しをしている。ずっと離れて育った兄だったが、父が亡くなるまでに、父とは何かしらの関係を築けたようだ。しかし、その兄も母に対しては情が湧かないのだ。

しかし、佐野はカウンセリングを受けることで、母のことが客観的にみられるようになったという。母には軽度の知的障害があるのではと言われた。

これは佐野が小4の頃からずっと母に感じていたこと。軽度の知的障害では一般的な家事や子育ては十分に可能であり、日常生活を送るうえでは周りからみてもほぼ気づかれないまま大人になっている場合が多い。

こうした人の場合は、子供を含めて他人に対して、共感することが苦手なのだ。共感の仕方がわからないのだろう。

泣いている赤ちゃんに対して、母乳を欲しがっているのか？　おむつが汚れているのか？抱いてほしいのか？

それを親があれこれと察して満たしてあげることを繰り返して育まれるのが「愛着」というもの。もし、赤ちゃんが泣き叫んでいても、何もしようとしない無関心な親であれば、その親子の関係はどうなっていくのか想像してほしい。

くり返すが、愛着とは親に対する安心と安全をベースとした信頼関係のこと。愛着関係が親と築けるかどうかは、心の発達の出発点で、人生全体を左右する問題なのである。

「愛着障害」の人がそれを克服するためには、親との関係を回復させるか、親との関係を斬るか、二つの道があるらしい。佐野は自分の人生を立て直していくためにここでリセットしたいと、「母を棄《す》てる」ことを選んだ。

互いに依存が強い関係できたからこそ、母を「この世にいないもの」として、自分一人で人生を振り返り、自分を具に知ろうとしている。

一人で暮らす81歳の母とは二年間、会っていない。彼のスマホからは母の連絡先はすべて消去した。

母からは時々、「元気?」「どうしている?」と決まり文句のメールが来るが、返信はしないまま。

母との絶縁にはいつまでという期限も、永久にということも決めていない。

何かあったら……、その時に考えればいい。

今は母親と距離を置くことが、佐野さんには必要なことなのだ。

「あなたはお葬式には来ないで」と母に言われて

朝、７時に携帯電話の着信音が鳴った。絶縁している実家の番号に亜紀は、胸騒ぎを感じ身構えた。深呼吸をしてから電話に出ると、

「もしもし、お姉ちゃん？　私、美紀。あのね、パパが死んだの」

まさかの妹の声だった。

「……」

呆然《ぼうぜん》とする亜紀に、妹は繰り返した。

「聞こえている？　パパが死んだの」

「……どういうこと？　いつ？」

「今朝早くに。ずっと肺がんで入院していたのよ、パパ」

「いつから？　今から、すぐにそちらに行くわ」

「来なくていいって、ママが」

「そんな……。お葬式はいつ？　どこでなの？」

と妹を問い詰める亜紀を遮るように、

「パパがあなたには来てほしくないって、家の恥だから。わかったわね」

と母の冷たい声が返ってきて、電話は一方的に切られた。

山本亜紀さん（38・仮名、以下敬称略）は実家と断絶して12年、9年間は完全な絶縁をしている。もしも、両親に何かあっても、自分には連絡が来ないものと覚悟はしていた。いつか、そんな日が来るかもしれないと……。

しかし、まさかこんなに早く、その日が来ようとは、正直、まだ心の準備はできていなかった。父は享年67。亜紀には父ががんで闘病していることすら、知らされることはなかったのだ。

亜紀は今、都心から離れた神奈川県の静かな町で夫の山本健斗（37・仮名）が経営する輸入雑貨店の横で小さな花屋を営みながら、8歳の娘と5歳の息子を育てている。

亜紀の生い立ちを辿ってみたい。

亜紀は東京で病院を経営する両親のもとで、長女として誕生した。父方の祖父が立ち上げた病床数200の中規模病院である。両親ともに医師だった。実家の宮崎家（仮名）の親族には医者が多い。三歳違いで妹の美紀（仮名）が誕生した。

生まれた時から医師になることが至上命令の家庭環境で二人の姉妹は育ったが、それぞれにまったく違う別の人生を選んだ。

「ドラマで子どもが熱を出すと母親がおでこに手を当てて、オタオタと心配するシーンがあるじゃないですか。あーいうのが本当に羨《うらや》ましかった。あんなこと、医者の家ではありませんからね」

と亜紀は語る。医者の家庭だと、ただ薬を与えられて終わりだ。「薬は飲んだか？　なら塾を休む必要なし」と言われて、親は仮病を通せる相手ではなかった。

亜紀は遠い過去の日を振り返り語った。自分が母親になってみて、初めて自分の成長に欠けていた「親のぬくもり」に気づいたという。

母親に心配してもらえるだけで、子どもは安心するもの。「親のぬくもり」こそ、副作用の心配もない一番の良薬だと亜紀は思う。

亜紀の親はいつも冷静な判断で薬を処方し、たしかにそれで症状はかなり緩和するのだったが、両親が幼い子どもの心のケアを気にかけることはなかった。

子どもを連れて小児科を受診すると、医師が子どもに優しく笑顔で語りかけてくる。そんな時、他の親とちがい、かえって医師を信頼できないのだと言う。

「こんな優しい先生でも、自分の子どもにはどう対応しているのかなって。コレも営業用のドクタースマイル？　なんて、つい勘ぐったりしちゃうんですよね」

と亜紀は自嘲して続けた。

小学校は姉妹で外部中学受験に熱心な私立校に電車で通った。小3から中学受験の塾に通い、小5からは家庭教師もついた。物心ついた時から、医師になるための人生が始まっていたのだ。

親戚も医者ばかりで、他の家庭を知らないから、それを不思議に思うこともなかった。自分も人から尊敬される医師になるのだと疑わず、また受験勉強を負担にも思わなかった。

進学塾でも成績は常にトップ。でも両親が褒めることはなかったという。

「褒められたこと？　ないですね。だって自分たちの遺伝子を継いでいるのだから、勉強はできて当たり前。親が与えた知能であって、子どもの努力だなんて思う人たちじゃないですから」

家族で食卓を囲んだ思い出は少ないという。祖母が元気な時までは、祖母と食べていたが、その後はお手伝いさんが用意したものを食べるか、塾にお弁当を持っていくことが多かった。

小6で初潮を迎えたときの彼女の話が印象深かった。母は仕事で忙しく、デパートの外商が家によく出入りしていた。

この時もデパートから生理用の下着やジュニア用のブラジャーなどが、靴下や他の物と一緒にまとめて箱で届けられたという。

「無駄なことに時間を費やさないというのが我が家の信条でしたから。ショッピングセンターでお母さんと娘で下着を仲良く選んでいる光景を見て、びっくりしました。娘が大人になる時の母親って、こーなんだって!?」

亜紀の娘はまだ8歳だが、娘の成長を楽しみにしているという。

子どもの日常の衣料品も通学の靴も外商担当者の裁量にゆだねて、成長を考慮の上でサイズを揃え、箱単位でまとめて買い置きをして無駄な時間と労力を省くのが宮崎家の暮らしの知恵だったというから驚く。

ファッションに関心が高まる思春期にも、大学合格まで装う楽しみの自由も与えられることはなかったという。

　亜紀は余裕で第一志望の難関といわれる中高一貫の女子校に合格を果たした。そこは医学部を目指して、多くの開業医の子女が集まることで有名な学校だった。

　周りには同じような家庭環境の生徒がいっぱいいた。

　似た者同士ということで気楽な面もあったが、優秀な生徒ばかりの中での競争は厳しく、なかなか成績は上位には上がれず、逆に落ちるときは容赦なく一気に落ちた。

　高１になったときに、３歳下の妹の美紀も同じ学校の中等部に入学してきた。医者になるという同じ目標を持った姉妹は私立の小学校から高校まで、同じ学び舎《や》で過ごしたのだった。

　その学校では中学までの授業でかなりの高校課程を修める。高２と高３では完全に受験に特化した授業に集中することで、最難関の大学、医学部にも多くの合格者を出していた。

　厳しい競争の中で負けずに勝ち上がっていく者もいれば、途中で挫折して、心身を病み脱落する者も出てくる。亜紀も後者の一人だった。高校の頃から偏頭痛に悩み、摂食障害の兆候も見えた。

　頭痛を訴えても親には「神経性のものだ、根性がない」と怒られてしまう。成績も下降の一途をたどっていくばかり。とても医学部受験の射程圏内にはほど遠い成績にまで落ち込んだ。そんな亜紀に親はさらに家庭教師を増やした。

　一方で、負けず嫌いの美紀は成績を上げることをゲームのように楽しんでいた。

亜紀は家族との食事を避けるようにしていたが、食卓から聞こえてくるのは妹の誇らしげな声と両親の笑い声だった。亜紀は学校でも家でも敗者となっていった。

親は亜紀の摂食障害を医療で治そうとしたが、心のケアには関心を持とうとしない。娘がそんなになっても医師の道を諦めることは許さなかった。

同じ学校に通う生徒の両親は高学歴で高収入、社会的地位も高い家庭が多かったが、家庭的には亜紀の家と同じように問題を抱えた家も多かったという。

両親は亜紀の教育の失敗を互いのせいにしては罵《のの》り合い、父は看護師との不倫を繰り返して、家の中にはいつも怒鳴り声が飛び交っていた。

「家庭ほど外からは見えないものってないですよね。うちの学校の生徒はそれでも勉強をやめない人が多かった。もう、そういうふうに育てられているんですよ。勉強をやめたら人生終わりだって」

生徒に自殺者が出ても通常通りに変わらずに授業をし、試験もする。そうした中で、何があっても動じない強い人間を育てるのかもしれないが、当然、栄光の陰には敗者も存在するのだ。

一浪の末に、やっとのことで亜紀は私大の医学部に寄付金を払って入学を果たした。それは両親が望んでいた医大ではなく、日頃から三流と蔑《さげす》んでいた医大だったが、やっと長女の実力の限界を知り、諦めた上での選択だった。

もともと理科系には向いていなかったと、亜紀は自分自身を語る。生まれた時から、将来は医師になるというゴールが決められていた。自分には何が向いているのかなんて、考えることもなかったという。

　医学部に入れて責任を果たせたと思ったら、身体中の力が抜けてしまったようになり、大学に通えなくなった。もうこれ以上頑張ることが出来なくなってしまったのだ。引きこもったまま、ほとんど大学に通わずに休学した。

　しかし、妹の美紀は現役で見事に地方の国立大の医学部に合格した。そのために妹が家を出ると、母はあからさまに罵《ば》詈《り》雑言《ぞうごん》を亜紀にぶつけるようになった。

　父は家に帰らない日が多くなった。そして生きる希望を失った亜紀は、睡眠薬を大量に飲んで自殺を図ったのである。発見が早く未遂に終わり、命は助かったが、そのまま精神科に入院をさせられた。


　その当時のことを話してもらえないかと、勇気を出して聞いてみたが、亜紀は首を横にふり拒んだ。

「ごめんなさい。もう思い出したくないことなので……」

「自律神経失調症によるうつ病、就学困難」という診断が下されて、ようやく医学部を退学することが許された。多額の授業料と寄付金が無駄になったが、やっと、そのことを責められることから逃れられたという。

「その一件から、家族が私を攻撃する言葉を言わなくなりました。心配してではなく、何か事を起こされたら、たまらない、迷惑だと思ったんでしょうね。攻撃もされないけど、腫れ物に触れないように無視をされているような感じです」

それでも無視されることで、自由を得られた。でも、何をしたいのかも見つけられない。孤独には慣れていた。攻撃が鎮まっただけでも救われた。

そんな時に生花店のアルバイト募集の張り紙を見つけた。ここでなら、働ける予感がした。お金が欲しいわけでもなく、将来のことも考えず、ただ目の前の自由が欲しかった。

家からも離れているし、知り合いに会う可能性も低い。

体力も気力も自信がなく、最初は週に二日、働いてみた。家にずっと引きこもっていたので、家から離れられるだけでも救われる思いがした。

花のことを調べて、勉強するのが楽しくなった。バイト代でフラワーデザインの学校に通うようになった。自分が作った花束が褒められると、もっと頑張ろうと勉強を続けた。

図書館で華道家の写真集を見て探究した。こんな楽しい勉強があったのかと夢中だったという。

「生きていてよかったって、思いましたね。それまで受験勉強しか知らなかったけど。『自ら学ぶ喜び』を初めて知りました」

自宅からバイトに通うことでお金を貯《た》めることもできた。貯金がたまったら一人暮らしを始めようと心に決めることで、針の筵《むしろ》のような実家暮らしも我慢することができたという。

フラワーデザイナーの資格を取り、教室で教えるようにまでなった。そんな時に出会ったのが、教室の生徒でのちに夫になる、ひとつ年下の山本健斗だった。

彼はデザイナーを志していたが、美大に行ける経済的余裕がなかったため、専門学校でデザインを学び、デザイン事務所で働きながら、フラワーデザインを習いにきていたのだ。

「彼は地頭がいい人だと思いますよ。花を生けるセンスも私よりもずっとあると思います。とにかく自由人でビックリしました！」

と、亜紀は夫について語った。

二人は交際してまもなく同棲を始めることになった。思春期の恋の経験もない亜紀にとって、26歳での初めての恋だった。

しかし、それがきっかけで、また両親の反発を買った。親は心を病んで医学部を中退した亜紀がフラワーデザイナーになることには反対はしていなかった。

見合いで医師と結婚させ、婿養子を迎える算段でいたのだった。学歴も亜紀には通信教育で大卒の資格をとらせればよいと考えていた。

両親は亜紀に宮崎家の一員として恥ずかしくない人生しか許す気はなかったのである。自分たちも親の期待に応えて生きてきたように。

山本は両親にとっては想定外の許しがたい相手だったのだ。親の目論見《もくろみ》はまたしても見事に崩された。

「あなたという子はどこまで、親に恥をかかせる気なの?!　絶対にあなたを許さないから」

と母は言った。親の期待を裏切り続ける亜紀は宮崎家には邪魔な存在にすぎなかった。同棲してもすぐには結婚しなかったのは、親からの嫌がらせから彼を守るためだったという。それくらいに親の攻撃はすさまじかった。

亜紀が29歳のときに妊娠をきっかけに二人は結婚した。ささやかな結婚式のブライダルブーケを亜紀は自作したという。当然ながら亜紀の親は来ていない。山本との結婚で実家とは完全に絶縁状態になった。

長女を無事に出産し、母となった亜紀は娘の写真を添えて親に手紙を送った。

しかし、返事はなかった。そして3歳違いで長男が誕生した時も、同じように写真を添えて報告の手紙を送ったが、やはり返事は何もなかった。

親のことを忘れるようにして、新しい家族を築いてきた亜紀だった。山本との暮らしは全てが亜紀には初めてのことばかり。実家を出て、初めて社会を知ったという。

「自分はいったい何を学校で学んできたのかと思いましたよ。頭がいいのと勉強ができるのは違うんだってことも」

亜紀の言葉に力がこもる。保育園で出会った人や、花を買いに来てくれるお客さん、夫の店の常連客など一般の人たちの温かさを知ったという。

温かく、優しいだけではなく、そこには積み重ねられた生活者の知恵があった。医者の家を出て、初めて知ったのは親が蔑んできた人たちの豊かな社会だったという。

「医者のすべてではないと思いますが、私の親は、患者さんを救ってあげているんだから、感謝されて当たり前って感じでしたけど。患者さんからもっと学ぶこともあったんじゃないかなって」

亜紀から目力を感じた。

「高学歴な親が優れた子育てをしているって、間違いですね。子どもを産んでわかりました。子どもの将来は子どものもの。子どもが決めて生きていくんですよね」

ずっと親の期待に応えられない娘だと罪悪感を抱いていたという。それが今は吹っ切れた。すべて夫と子どものおかげだという。

今から2年前、長女が小学校に入学した時の記念写真を、元気に無事に過ごしているという報告の手紙を添えて親へ送った。数日後に母から電話があったという。その話題になると、亜紀の顔が急に曇った。

「なんであんな手紙を送ってくるの？」

と母はきつい口調で言った。

「だから無事に元気にしていることを知らせようと思ったから……」

と言う亜紀の話を母が遮った。

「あなたが幸せに生きているのを、喜ぶとでも思っているの？　二度とこんな手紙をよこさないで頂戴《ちょうだい》。美紀が離婚していい気味だと思っているんでしょう？　結婚して子どもを産むなんて、誰にだってできることじゃない？　もうあなたはこの家の人間じゃないんだから。さようなら」

　と言って母は電話を切った。

　母からの電話で亜紀は妹の離婚を初めて知った。たしか婿養子をとって、父の病院を継いでいると、人づてに聞いていた。

　美紀に子どもがいるのかどうかも、亜紀は知らないという。

　その電話で母が自分の幸せを願っていないことがわかり、親へのかすかな希望も消えた。もう二度と会うこともないし、孫の成長を伝えることも必要ないと思った。

　きっと親が他界する日が来ても、自分にはもう連絡は来ないだろうと覚悟も決まった。


　それから2年が経ち、父の訃報を知らされた。肺がんで闘病していることすら知らなかった。覚悟はしていたものの、やはりショックだった。

「父は2年間も肺がんで入退院を繰り返していたと、後で親戚から聞きました。医師だから自分でも死期はわかっていたはずです。父はそれでも私に会おうとはしなかった……。それが父の私への答えなんでしょうね」

　と亜紀は涙を浮かべて、言葉をつまらせた。

　おそらく、母の時も亜紀には葬儀の連絡はないだろう。

　亡父の供養に何かしたのかと、思い切って尋ねてみた。

亜紀は首を横に振りながら、目を潤ませた。

「とくには……なにも。家出同然に出てきたので、父の写真も一枚もないんです。家族団欒《だんらん》もない家だったから携帯の保存データにもなくて。お花だけ心を込めて生けました……」

絶縁家族の最期のお別れは、救いのない哀しみを背負っている……。

息子に離婚を迫る85歳の母親

都内に住む男性、田川和人さん（63・仮名、以下敬称略）は、実家に一人暮らしの母親（85）の世話に通っている。

彼の悩みはその母親から別居中の妻との離婚を迫られていること。

妻は自分の親の介護を理由に実家に戻り、数年前に父親を見送った後、現在も80歳の母親と一緒に暮らしている。

妻とその母親はまるで一卵性双生児のように仲がいい。

田川の母親が離婚を迫る理由は、自分が亡くなった後に息子に譲った遺産が、息子の死後に嫁の家のものになってしまうことが許せないからであった。

「どこだって女のほうが、長生きするんだから。お父さんだって、65歳で突然逝っちゃったでしょう。あなただってわからないわよ」

と母は言う。

父親は65歳の時に脳溢血で他界している。勝手に息子も長生きしないものと決めつけているようだ。

「女は夫を見送ってからが元気になるっていうじゃない。私だってそうでしょう」

と言う母は要介護1の認定を受けてはいるが、たしかにまだまだ元気である。

彼には2歳違いの妹がいるが、母親は妹と絶縁状態になって10年になる。自分の世話をしない娘には財産は一銭もやらないという母親の希望を、田川も当然だと思ってきた。

23年前、父が急逝した時、銀行員の田川はロンドンに赴任中だった。なんとか葬式には間に合うように帰国できたが、父には何も親孝行ができなかったことに悔いが残った。この10年の間、娘と不仲になって孤立した母親の面倒を長男として一手に引き受けてきたのだ。

何だかんだと身体の不調を訴えるものの、母は元気で、まだまだ生への深い執着を手放さない。やたらとあちこち検査をしてポリープでも見つかれば、すぐに除去手術を受け、治療して治してしまうのだった。

「おふくろを見ていると、高齢者医療費負担で財政が追いつかないのがよくわかりますよ。年をとれば何か悪いところがあって当たり前。そのまま放っておけばいいのにと言いたくなりますよ！　がんになったって、老人は進行が遅いわけでしょう」

いったい、いつまで母親の世話を強いられるのか、不安は尽きない。

一人暮らしは不便だろうからと、母のプライドをくすぐるセレブな優良介護施設への入居を勧めてみようとしたが、

「ワタシはぜったいに施設になんか入りませんからね。長男の嫁として舅《しゅうと》、姑《しゅうとめ》に散々尽くしてきたワタシが、なんで施設なんかに行かなきゃならないの？　和人、まさか、あなたまでワタシを見捨てたりはしないわよね」

と勘が鋭い母に先手を打たれて、封じられてしまうのだった。

施設入居はまだ先と諦めても、新型コロナウイルスに感染したら、さすがに高齢の母はあっという間に逝ってしまうかもしれない。

そこで相続での自分の立場を優位に守るために、公正証書遺言を母親に書いてもらおうとしたことから、母親が息子の離婚を遺産相続の条件に出してきたのである。

60代以上の高齢者が新型コロナウイルスに感染することを、ロシアンルーレットに田川はたとえた。

「だって、我々は感染すれば、まず中等症以上になる覚悟は必要でしょう。60以上は年の差なんてないようなもの。順番通りに神様が迎えに来てくれるとは限りませんよ……」

田川和人をめぐる家族の歩みを振り返ってみたい。田川の父親は脱サラで会社を興し、小さいながらも着実に業績を伸ばして、都内にいくつかの不動産を所有できるほどになった。倒れた時もまだ現役で社長業をこなしていた。だが、零細企業が生き延びていく苦労を知り尽くしていたので、息子には後継者になることを求めなかったのだ。

27歳の時に、社内恋愛で2歳年下の貴美子（仮名）と結婚したが、当初から両親と妻の折り合いは悪かった。幸いにも結婚3年目に海外に転勤になり、その後も海外、国内と転勤もあったおかげで、妻と両親との交流はほとんどないも同然。

休暇で帰国や帰省した際も、年末年始もお互いに自分の実家に滞在するのが恒例となっていた。携帯電話のおかげで長年、電話のやり取りもなく、没交渉であることで嫁姑の衝突を回避できている。

「いいじゃないの。今は嫁でも自分の親の世話をさせてもらえる時代だもの。貴美子さんのご両親だって、私みたいな理解がある姑でよかったって、喜んでくださっていると思うわよ」

と言いながら、堂々と息子を独り占めできる喜びを隠せない母親だった。

嫁姑の問題がこじれてからは没交渉のままで、妻が田川の実家に寄りつくことはなかった。父の訃報を聞いて帰国したときには、母と妹で葬式の段取りはほとんど整えてあり、田川は長男として喪主を務めた。

妻と母は父の葬式で十数年ぶりに会ったのだという。世間の目もある葬儀では大きな嫁姑の衝突は避けられた。父の死で、会社は閉じることになったが、規模を縮小していたおかげで、残ったわずかの社員も定年の年だったこともあり、大きな問題は残らなかった。

田川が東京を離れている間は、母のことは実家の近くに住む妹の香苗（仮名）にほとんど任せっぱなしだった。嫁よりも実の娘のほうが気を遣わずに楽なもので、どこの家でもそのほうが平和なようである。

「娘にいいようにタダで使われて、私はベビーシッター婆さんよ」と母は愚痴を言いながらも、頼りにされてまんざらでもない様子だった。

妹と母が喧嘩しながらも頻繁に行き来して、仲よく買い物にも連れ立っていく姿に、このまま妹が最期まで母の世話をしてくれるのを期待していた田川だった。

田川の妻は姑との断絶のせいで、妹夫婦との関係も希薄ではあったが、何か揉めていたわけではなく、田川と妹夫婦の関係もとくに問題はなかったという。

気難しい母だという共通の認識の下、子育てを手伝ってもらう代わりに、近くに住む妹が主に母の老後を支えると、兄と妹で暗黙の了解のようなものがあった。母親のほうでも気に入らない嫁だけを遠ざけて、我が子二人に頼ることに満足しているように見えた。

経験を積んで本店に栄転になった後、彼は身に覚えのない懲罰人事のために51歳で出向を命じられた。それがきっかけになり、妻は親の世話を理由に、愛犬を連れて実家で暮らすようになった。

虚栄心が強い嫁と嫁の親に、田川もなじめないものを感じていた。何となく自然に距離を置くようになった別居だったが、日々、何かと衝突するよりもそのほうが彼自身気楽でもあったのだ。

しかし、そのうちに田川との会話で、息子が妻と別居したことを察した母は、態度を急変させた。不運な息子を置いて実家に戻った嫁を許す母親ではない。

母は嫁の貴美子の実家に電話をして、電話に出た貴美子の母に息子夫婦の離婚を迫ったのである。貴美子は当時、父親の介護という大義名分の下、実家で暮らしていたのである。当然ながら、両家の亀裂はこれで決定的なものとなった。

母は息子が一人で暮らしていると知った途端、息子をこの手に取り戻そうと、彼に急接近するようになったのだった。

彼が母の相手をしなければ、さらなる憎悪が妻に向けられるだろう。田川は母を刺激することを恐れて、母の意のままにならざるを得なかった。

仕事中でも何かと電話をかけてくる。弱々しいかすれた声で体調が悪いから来てほしいと呼ばれていけば、元気な母親が出迎えた。

食欲がなく、何も食べられないと言っていた母は特上寿司の出前を頼んでいて、食欲旺盛だった。

「また、やられた……」と、田川は何度思ったことだろう。

「こんなことで、いちいち俺を呼び出さないでくれよ。近くに住んでいる香苗に頼めばいいじゃないか。もう迷惑なんだよ！」

言ってしまった後で、自分の一言が母の怒りのスイッチをいれたことを後悔したが、もう遅い。母は厳しい目で田川を睨《にら》んだと思うと、急に号泣しだしたのだ。

「あなたまでそんな酷《ひど》いことを言うのね。心配かけないように、あなたには今まで黙ってきたけど。香苗たちはね、あなたが海外で留守をいいことに、この土地に二世帯の家を建てようと狙ってきたのよ。どうせ、あの男がそばで香苗に余計な入れ知恵をしたんだろうよ。まったく、欲深い奴らばかりなんだから。子どもを信用してはいけないって、本当だわね」

田川は妹夫婦の策略を知らされて、怒りが抑えられなくなった。

母の話では、妹夫婦は何かと孫を理由に母にお金を無心してくるのだという。

「そのうちに毒でも飲まされるんじゃないかと、怖くてたまらないわよ」

とまで、母は震えながら泣いて訴えたのだ。

田川が妹の香苗に電話をかけて、母から聞いたことをそのまま伝えて、恫喝《どうかつ》した。

「何、バカなことを言っているの？　そんなことするわけないいじゃない。誰があんなわがままなお母さんと同居なんて考える？　一日だって無理よ。まっぴらですよ！　全くでたらめだよ。お兄ちゃんだって、お母さんの性格わかっているでしょう。いつもそうやって自作自演で人を陥れる人でしょう、あの人は！　ちゃんと会って話そうよ！」

香苗は激怒して否定したが、田川は妹の言い分を聞かずに、

「二度と、お前らはオフクロに近づくな！　俺がこの家の長男だ！　わかったか！」

と怒鳴って、電話を切った。

香苗はその後で、すぐに母親に抗議の電話をかけてきたが、母は無言で相手にせずに電話を切ったと言っていた。


それをきっかけに、妹は母とも田川とも絶縁したままになって、すでに10年になる。

妹は母の言ったことをすべて否定して、兄と直接話し合いたいと希望して連絡をしてきたが、田川は妹の反論を言い訳だと退けた。

妹が嫁いで、他家の人間になった淋《さび》しさを感じた。

しかし、今になって思うと、いつものことながら母の主張は、話すたびに誇張されて、違っ

た話になっていた。妹の抗議の電話を無言のまま相手にせずに切った話が、数日後には、妹夫婦が家まで押しかけてきて、暴力を振るったから警察に届け出たことになっていた。

田川に昔から長男としての自覚があったのかと聞いてみたら、

「長男ってことですか？　いや、あんまり考えたことはなかったですね。妻と母とは犬猿の仲だったし。むしろ妹たちが近くにいるのは助かると思って、妹夫婦とはうまくやってきたつもりです。長男の自覚ね……、それも母に乗せられちゃったのかな？」

田川に降りかかった仕事の不運が、夫婦の仲を裂いただけでなく、それまでかろうじてバランスを維持してきた妹夫婦と母、それに彼をとりまく家族の関係に破滅的な一撃を与えたのだった。息子を必死で取り戻すために、母は自らを孤立させたのだろうか？

定年退職後、田川は系列子会社の顧問を務めている。毎日のように出社はしなくてもよくなったが、母の呼び出しで自由な時間はほとんどない。

この10年間、何かと母の世話をしてきたのは彼一人だった。

「あんなに世話をしてやったのに、娘にまで裏切られて。もう私には和ちゃんしか、頼れる子がいないのよ」

と息子にしがみつく母親に正直うんざりしていた。

「まさか、おふくろがこんなに長く生きるなんて思わなかったんです……」

母からは何度も同居を求められていたが、それだけは死守する覚悟で断ってきた。母の呪縛に苦しみ、いつ、老母から解放されるかと待ち望む息子に母は言った。

「和ちゃん、あなた、まだ子どもを産める若い女性と再婚して、人生をやり直せばいいのよ！　ここに新しく二世帯の家を建てて。女には限界があるけど、男の人は、年は関係ないっていうじゃない。早く再婚して、私に孫を見せてよ。でないと心配で、私は死ねないじゃないの」

「もう、いい加減にしろ！　頼むから俺の人生に踏み込むな！」

と彼は気づいたら怒鳴っていた。

母の顔色が変わった。

「私はいつだって、子どものためだけに生きてきたのよ。自分を犠牲にしてね。なのに、きょうだいでこんなに仲が悪いなんて、情けないったら。周りは気の置けない娘に世話をしてもらって、遠慮もなく幸せな老後を過ごしているのに。私は息子にだって、こんなに遠慮しなくてはいけないんだから」

「なら、香苗のところに行けばいいだろう！　好きにしろよ！」

「何言っているのよ、いまさら！　長男のあなたを立てて、娘を頼らずにきたんじゃないの。きょうだい喧嘩であなたの側についていて。あなたをとったばかりに、私は孫にだって会わせてもらえないのよ」

と、きょうだいの不仲の原因までも彼のせいにされてしまうのだった。

ある日、田川は母に妻が離婚に合意したと、つい嘘をついた。

80代になっても、いつボケるかわからない母が、自分に財産の管理をさせようとしなかったからである。

別居の妻との関係はとっくの昔に冷え切っていた。

しかし、離婚しなかったのは、本音を言えば、互いに離婚をしないほうが賢明だと考えてきたからだ。銀行では離婚は出世の妨げになる。

また妻の家は特別に裕福なわけではないが、東京・世田谷の一戸建てに住んでいる。一人娘だからいずれは妻が相続することになる。

田川の家もそこそこの財産はあるから、離婚することは将来的に見て、お互いに得策ではないことを知っていた。

付き合った女性もいたが、もう結婚はこりごりで、この先再婚は考えていないという。

妻との離婚を語ると、急に母はご機嫌になり、初めて息子に気を許し、扱いやすくなった。軽い気持ちで言ってしまったのだが、後に引けなくなった。

母は田川に預金の管理を頼んできた。

父の遺した預貯金もタンス預金もだいぶ減っていた。銀行マンの田川にとって、節税対策はお手の物である。

相続税対策と言って、自宅以外の不動産の売却を母に勧めた。

それまでの警戒が嘘のように、母は息子に従順になり、息子の進めるままに土地を売却し、管理を任せた。

まとまった現金が入った母は、気が大きくなり息子に高級旅館やレストランへの豪遊に連れていってほしいと甘えた。

ネット検索が出来ない母は老舗旅館や料亭紹介のテレビ番組を見ると、すぐにメモをして息子を誘ってくる。

息子とのデートのたびに、洋服を新調して、髪型を変え、濃いめの化粧で若返る母だった。

「これ以上の幸せはないわ、和ちゃん。もういつだって、死んでもいい。嫁の代わりはいくらでもいるけど、母親は世界に一人だけだものね」

と上機嫌の母は、息苦しさを感じる息子の気持ちなど想像もしない。

「若返って、ますます元気になるおふくろを、私は化け物としか思えませんでしたよ。なんか自分の生き血を吸われている気がして、たまらなくなって。もう頼むから早く逝ってくれってね……」

気性が激しく、情緒不安定で自己愛が強い母だが、しばらくは平穏な日々が続いていた。

妹は実家に寄りつきもしない。自分だけが母に振り回されて、妹に上手く逃げられたような気がしている。

長男だといっても、法律上では相続の権利は同等だ。

妹は何もしないで、もらえるものはもらうつもりでいるのだろうか？　それだけは許せない。

母は妹には一銭もやらないつもりだと、口では言っていても遺言に遺してもらわなければ意味をなさない。

いざとなった時に、相続で揉めないために、公正証書遺言の作成を母に勧めた。ずっと前から説得を続けてきたが、母が毛嫌いする田川の妻の存在がそれを阻んできたのである。

母が認知症になってからでは手遅れだ。妹がいくら相続権を主張してきても、遺留分だけを渡して済ませることができる。

母は娘婿に遺産が渡ることを嫌悪していた。義弟には権利はないが、母にしたら、これも同じことのようである。

母の死後、遺産をできる限り母の介護をしている田川に遺すという遺言の作成に、やっと母も同意をしたはずだった。

しかし、ある日、仕事中に母からの着信があった。会議中だが、何かあったのかと電話に出ると、

「あなた、離婚しただなんて、私を騙《だま》したのね！」

と興奮した母がいきなり恫喝してきたのだ。

母には妻とは離婚したことにして話していたのだ。どうせ絶縁して、交流は一切ない。

なぜ、母は事実を摑《つか》んだのだろうか？　妻の携帯番号も知らないはずだ。

まさか妻の実家に電話をかけた？　田川は慌てて妻に電話した。

「何かあったかな？」

「別に。変わらないけど。何で？」

「もしかして、おふくろがそっちに電話しなかったかなと思って……」

「電話？　いいえ。ないわよ全然」

「いや、いいんだ。またね」

と田川は電話を切った。妻の様子では、母はまだ電話をしてはいないようだ。

仕事を終えて恐る恐る母を訪ねると、まだ外は明るいのに雨戸を閉めて家じゅうを真っ暗にして、母はベッドに臥《ふ》せっていた。

「具合が悪い？　大丈夫か？　病院に連れていってやろうか？」

「いや、いいの。このまま死にたいから」

と母はかすれた声で呟いたが、その声には怒りが詰まっていた。

「あなたまで、私を騙したのね！　息子も娘も信用できない。遺産はすべて国庫に寄付して死にますから。おまえたちには一銭も遺さないわよ」

警戒心の強い母は、どうも戸籍を調べたようだった。同一戸籍および直系の親族には戸籍の附票の請求ができることを田川はうっかり忘れていた。

それによって田川が妻と離婚していない事実が明らかになったのだった。

「すぐに離婚しなさい！　どうせあなたたち夫婦はずっと別居をしているんじゃない。それだけでも立派な離婚の理由になるのよ！」

公正証書遺言作成の件は、あともう少しのところで頓挫《とんざ》してしまったのだ。

公正証書遺言作成には遺言者の母と相続者である彼の戸籍謄本がいる。作成の際にどのように母をごまかそうかと、策を練っていたところだった。

やはり、母のほうがずっと上手だったのだ。

こんな厄介な母親を介護施設に入れたくても、本人が固く拒否をしているうちは、日常生活が困難な重度の認知症と認められない限り、施設への入居もさせられないのが現実。

母親は85歳だが、まだまだ頭はシッカリしているのである。

「騙すなんて、俺がそんなことするわけないだろう？　ただ離婚の説得に時間がかかっていただけだよ」

と田川は気まずそうに小さな声で言った。

昔の子ども時代のことを思い出していた。自分はこうやって、ずっとこの母に人生を支配されてきたのだと……。母が死ぬまで、この呪縛からは一生逃れられないのか。

母の性格を熟知している田川が次に取った行動は、妻への謝罪だった。母はきっと妻にこのことを告げるに違いない。

母親が爆弾を落とす前に、自分から妻に伝えておこうとしたのだった。

妻に、自分としては離婚の気持ちはないが、母親がボケる前に公正証書遺言を書かせたくて、嘘をついたことを白状し、今後一切、母親から電話が来ても応じないようにと頼んだ。

「そうなんだ。わかった……。それだけ?」

と言って、妻は電話を切った。

これで妻にも、とうとう愛想をつかされただろうと覚悟を決めた。自ら墓穴を掘った行為だった。

だが、母親のことでこれ以上、妻の家まで巻き込むことは出来ない。

それから一年が過ぎたが、妻に連絡をしても返信は一度も来ない。

送ったLINEが既読になることもない。離婚はしていないが、これで本当に夫婦として終わってしまった気がしている。

もしかしたら、息子の性格を知り尽くしている母は、ここまで息子の行動を計算に入れていたのかもしれないと、田川は肩を落として呟いた。

「本当に怖い人ですよ。でも、自分しかいないんだから、仕方ありませんよ。親を殺してはいけないとだけ自分に言い聞かせています」

とビールを一気に呷《あお》る田川はかなり疲れているようだった。

父の葬式に妻は遺族として出てくれた。自分も義父の葬儀には娘婿として手伝った。

しかし、母が亡くなる時には会葬者は自分以外には考えられないと彼は言う。

「たぶん、私ひとりだけのお葬式になるんでしょうね……」

妻はもう二度と来ないだろう。

音信不通の妹に連絡をしても、来るかはわからない。

母は自分のきょうだいとも揉めて絶縁して、葬式にも顔を出さなかったから、母の時には呼ぶことも出来ないという。

家族に認めてもらいたかった、家族に愛されたかった母親の長い人生は、この先いつまで続くのだろうか？

その先に母親が求めていたものが見つけられるのだろうか？

「母は私に譲った財産が、私が妻より先に逝くことで、妻と妻の家のものになることは絶対に許せないと言いますけどね。正直、私は母が私より長生きすることのほうがずっーと恐怖なんですよ。母に１００歳まで生きられたら、私は78ですからね……」

白髪の紳士はさびしく、空に浮かぶ雲を見上げた。

社会的にはそれなりに恵まれた人生を送り、離婚もせずにきた彼の孤独を人は誰も知らない。

第3章　絶縁の彼方に見たもの

離婚した元夫の墓と位牌を別れた妻が守る理由

平成になって、日本人の結婚観は大きく変化した。夫の姓を名乗っても、夫の家に嫁いだという意識の女性は、もうほとんどいないのではないだろうか？

「家」を中心に考えてきた日本の家族は、「個人」を大事に考える家族の在り方へと変化してきている。

しかし、夫の不貞が原因で離婚しても、夫の代わりに嫁ぎ先の家の墓と仏壇を守り、再婚した元夫が20年後に亡くなると、元夫の墓守と位牌も受け入れて嫁いだ家の先祖を子どもたちと守っている女性がいた。

彼女はなぜそこまでして、嫁ぎ先の墓や位牌を守ってきたのだろう？　そして彼女が子どもたちに引き継いだものは何だったのか？

新倉慶子さん（70・仮名）は介護支援サービスの会社の代表を務めている。神奈川県の事務所に彼女を訪ねた。

少子高齢化と介護保険制度化による社会の変化にいち早く対応し、事業展開をしてきた実績を持つ女性である。

控えめで人を包み込むような優しい笑顔の新倉さんからは、とても波乱万丈な苦労の人生を歩んできた人の影は感じられなかった。

取材には新倉さんを紹介してくれた、彼女の親友にも同席してもらうことにした。取材中にも仕事の電話がたびたび入る。

今も現役でグループ会社の代表を務め、彼女が仕事場でいかに頼りにされ、不可欠な存在かがうかがえた。

先見の明と行動力に富みながら、芯の強い古風な一面も兼ね備えている新倉慶子さん（以下敬称略）の半生を辿ってみたい。

新倉家は神奈川の旧家として長い歴史を持つ家柄である。当時の当主である新倉夫妻には子どもがいなかった。そこで妻の甥《おい》にあたる将司《まさし》（仮名）を養子に迎えた。

昔は家を途絶えさせないために、子どもがいない夫婦が、甥や姪《めい》を養子としてもらい受けることは慣習的に行われていた。

将司の母は脳腫瘍《のうしゅよう》を患い、長く入院生活を続けていた。将司は五人兄弟の次男。長年にわたる母の治療費は家の経済を圧迫していた。将司が大学への進学を諦めて高卒での就職を考えていたときに、伯母夫婦から養子の話が持ち上がった。

伯父は五人兄弟のうち、特に将司に目をかけていたようだ。病床の母は「将司は絶対に、養子になんかやらない」と反対していたが、とうとう最後には頷《うなず》いて承諾した。

その後まもなく母は意識不明に陥り、将司は新倉家の養子になって大学に進学したのだ。将司の大学在学中に最愛の母は亡くなった。

彼は大学時代にはラガーマンとして活躍し、卒業後は大手ゼネコンに入って、土木の営業を担当していた。

新倉の家としては、妻の親族から将司を養子にもらったのだから、夫の親族から嫁をとる、「両貰《もら》い」の結婚を考えていた。血を絶やさないための知恵として、昔はそうしたことが多く行われていたようだ。

だが新倉の当主夫婦の人を見る目は厳しく、なかなか二人が共に気に入る女性はいなかった。父方の親族の女性で嫁候補がいたが、母がどうしても認めなかったという。


そうして将司の6歳下の慶子に、その白羽の矢が立ったのである。慶子は関西の国立大学を卒業し、教員として働きだしたばかりだった。見合いを一度は断ったが、一年後にどうしてもと求められたため、縁を感じて見合いに踏み切った。

厳しい新倉の両親が慶子を見込み、気に入られて縁談が進んだ。歴史ある立派な会館で新婦のお披露目する日を楽しみにしていた新倉の父だったが、心臓を患って自宅療養をしており、挙式の三カ月前に他界したのだった。

父が楽しみにしていた結婚だったため、喪中ではあったが、延期をせずに予定通りに結婚披露宴が開かれることになった。

異例なことにも結納の段階で、義父の葬儀で慶子は初めて親族に会い、嫁としての人生がスタートしたのである。

嫁いだ新倉の家には、70代の義母と嫁入りの時に一緒に連れてきた義母と同年代のお手伝いさんが二人いた。生涯にわたって自分でご飯を炊いたことがないお嬢様育ちの義母はかなり気難しい人だったが、慶子のことは気に入り可愛がってくれたという。

姑よりも嫁に厳しく意地悪なのはお手伝いさんだった。嫁に自分の仕事を奪われるのではと不安に思ったのだろう。夫は仕事や接待で不在が多く、いきなり老女三人の家にポツンと一人で置かれた状態だった。

旧家の専業主婦になるつもりで嫁いだ慶子だったが、嫁いでひと月後から、義母が会長を務める看護婦家政婦紹介所の仕事を手伝うことになった。

入院患者の介護をする付添婦《つきそいふ》や家政婦を紹介する仕事である。そのために義母の勧めで看護学校に通い、准看護婦の資格を取った。

夫はお金を渡してくれないし、お嬢様育ちで明治生まれの義母には学費がかかることが理解できなかった。奨学金を得て看護学校に2年通って准看護婦の資格を取り、その間に三人の子どもを生み育てた。

子どもは長男、長女、次男の三人。次男が生まれて半年で夫は福岡に単身赴任をして、6年ほど戻らなかった。物心がつくまでひとつ屋根の下で暮らさなかったこともあるのか、次男は父親に懐かない。

夫も上の子ども二人は可愛がり、特に娘は溺愛《できあい》したが、なぜか次男にだけはまだ幼い頃から厳しく当たった。躾を越えた、目に余る夫の暴力に慶子は悩んだという。

まだ3歳の次男が箸の上げ下ろしで父親の機嫌を損ね、3時間も正座を強いられることもあった。

「はやくお父さんに謝っちゃいなさい」

と幼い次男を庇うつもりで慶子が言っても、

「僕は別に悪いことをしていないから、謝らない」

と頑なな次男のＤＮＡは夫にそっくりだったという。

「俺みたいな人間をもう一人つくる必要はない」

と夫は言い、新倉の母が次男を可愛がると嫉妬をする大人げない人だった。

最愛の実母に養子に出すことを承諾されたことが、親に見捨てられた体験となって、将司の心に影を落としたのだろうか。

叱るたびに「寺に養子にだすぞ！」と口癖のように言った。

「それだけは、やめてください」と子どもも言い返していた。

結婚して10年目に、新倉の母が亡くなった。その母が危篤になった頃から、将司は人が変わったように荒れて家で酒を浴びるように飲むようになった。

それまでは外のクラブや飲食店で酒を飲んでも、家では酒は飲まない夫だったのだ。

義母を見送ったら、慶子は子どもを連れて夫が赴任する福岡に行くつもりでいた。しかし、夫は「福岡に来なくていい」という。

そして母の葬儀の場で、喪主を務めた将司は母が会長を務めていた看護婦家政婦紹介所を慶子が引き継ぐと公言してしまったのである。慶子の承諾もなしに。

そして、「僕は福岡に戻りますので、後はよろしくお願いします」と言って、さっさと福岡に行ってしまった。

この時長男が７歳、長女が５歳、次男がまだ３歳だったという。そして次男が小学校に入る頃まで夫の単身赴任は続いたのだった。

まだ幼い子ども三人の子育てをしながら、義母の後継者として社長業を務めるのは大きな負担だった。心が折れそうになったこともあったが、会社が潰れそうだという噂《うわさ》をされると、意地でも奮起して頑張り通した。

子育ても会社も自分が投げだしたら、どちらも代わりをしてくれる人がいなかったのだ。

新倉の母が亡くなって新倉の家の財産を単独相続した将司は、金遣いがさらに荒くなり、高級クラブで大盤振る舞いをしていたようだ。

体育会系出身の将司はきっと遊び方も豪快で、人の面倒見がよく、仕事ができる男として順調に出世の道を突き進んでいった。ゼネコンによる接待がまだ大っぴらに行われていた時代で、三桁の飲食店のツケが慶子のところに回ってくることも、たびたびあった。

それに新倉の財産の相続税まで将司は「お前、払っておけ！」と、妻に払わせていたのだった。慶子は10年かけて分割で夫の代わりに3千万円もの相続税の支払いもした。

「あの人は養子だから、結婚は新倉の親に従わざるを得ないという気持ちだったんじゃないですかね。本当は私みたいな堅物じゃなくて、もっと派手な女性のほうが好みだったのかも？昔は結婚に、本人よりも家を大事に考えましたから。私は新倉の父と母に見込まれて、家に嫁にきたようなもので……」

と慶子は将司との結婚を振り返り、語った。


新倉の母が亡くなってから、夫はますます金遣いが荒くなっていった。新倉家が守り、引き継ごうとした財産を湯水のごとく浪費していく、放蕩三昧《ほうとうざんまい》な夫。

その夫との離婚に踏み切らせたのは、ある驚く事実が明るみに出たからだった。前から家計に入れる給与の額が少ないことに不審を抱いていたのだが、ナント他の女性を受取人にした2億円もの夫の生命保険が掛けられていたのである。

まるで映画のような話が現実におきた。

偶然にもそれを知ってしまった慶子は、もう限界だと思い離婚に踏み切った。夫は結婚当初から夜遊びが盛んで、水商売の女性との付き合いも感じてきたことはあったが、特定の女性を囲い、世話までするようなことはなかった。

しかし、今回は違った。もう浮気というレベルの話ではなかった。

相手は親子ほども年が違う、20歳を超えたばかりの若い女性で、恐ろしいことに夫は「愛の証」として、生命保険に加入させられていたのだった。

それまで悩み続けながら、離婚に踏み切るまでに10年の月日がかかったのは、慶子に経済力がなかったためだった。

夫の次男への虐待も止められず、ずっと苦しんできたが、もう迷いはなかった。

離婚した時、子どもたちは19歳、17歳、14歳と多感な年頃で、三人の子どもの反応はまちまちだったという。

新倉の家に嫁いでから、20年の月日が経っていた。妻に働かせてお金を女に貢ぐ、とんでもない夫との結婚に終止符が打たれた。

だが、慶子は離婚後も、婚家の姓の新しい戸籍を作り、子どものために新倉の姓をそのまま変えずに名乗ることにした。

相手の女性A子の母親は、A子がまだ幼い頃に若い男と駆け落ちをして、A子は父と祖母に育てられていた。中学を出てすぐに水商売の世界に入り、若くして売り上げナンバーワンのやり手ホステスだった。

A子の父親は将司よりも若い。まだ10代の頃からA子が親やきょうだいを養ってきたような家族だった。A子は何千万円もの借金を抱えており、将司がそれを肩代わりした。将司にとってそれほど大事な女性だったのか？

慶子は夫とA子は出会うべくして出会ってしまったのではないかと言った。夫も養子になったことから、自分は母親に見捨てられたのだという歪んだ感情を抱えていた。

A子の生い立ちを気の毒に思い、A子を家族の元から救い出そうとした夫が、逆にA子と彼女の家族にとらえられてしまったのだろうか……。互いの負の感情が二人を引き寄せ、三人の子どもから父親をも奪っていったのである。

親の離婚が思春期の子どもたちに与えた影響は大きかった。たとえ離婚しても、父親としての子どもへの責任はなくなるわけではない。

しかし、それも慶子が一人で背負わなくてはならなかった。

慶子と離婚すると、将司はA子とすぐに再婚をし、新倉家が所有していた土地に新居を建てて住んだのである。

離婚した慶子を今度は仕事の試練が襲った。

1996年、健康保険法改正で付き添い看護の廃止が決まった。これによって全国にいた11万人もの付添婦が消えることになったのだ。

新倉の母から引き継いだ看護婦家政婦紹介所もその付添婦を紹介する仕事をしていた。

それまで入院患者の介護のために、病室のベッドの床に段ボールを敷いて寝て、実質24時間態勢という劣悪で最低限の人権さえも保障されない労働環境で働いてきたのが付添婦だった。

労働法上家事使用人に分類されるため、労働基準法の適用がなされなかった。

１９９７年に介護保険法が成立し、２０００年に施行されることによって、付き添い看護は廃止され、劣悪な労働環境の付添婦という職業は11万人の雇用機会とともに消滅したのである。たしかに昭和の頃、入院患者のベッドの下の床に寝て、病院の給湯室で小さな鍋で自炊をする付添婦の姿を病院で多く見かけた。

患者には家族か誰かが24時間付き添うべきだという、かつての社会通念と付添婦という職業も現在ではなくなり、当時のことを知らない人も多いかもしれない。

慶子は新倉家に嫁ぎ、義母の仕事を手伝うことで、人権の保障もないひどい労働環境で働く付添婦の世界を初めて知り、とても受け入れられなかったという。

だからこそ介護保険法に向けて、いち早く舵を切り替えたのだ。

介護保険制度になったら付添婦の仕事はなくなると諭し、従事者にヘルパー2級の資格を取ることを勧めた。しかし登録者３００人のうち、何とか無理やりにでも１３０人までは資格を取らせることができたが、残りの人はやめて故郷に帰っていったのである。

慶子の思いはなかなか通じなかった。

介護をしている認知症の老人から、尿瓶に入った尿がベッド脇の床に寝ている付添婦の頭に掛けられるなど、口にはしがたい劣悪な環境で付添婦たちは昼夜を問わず、寝ずに働いてきたのである。

だがどんなに労働条件が悪くても、月に女性が40万〜50万円のお金を稼げる仕事は他にはなかったのだ。

付添婦で働く人にはそれぞれが抱える理由があった。会社が倒産した、夫が失業した、借金がある、子どもの大学の学費を稼ぐため、家族の治療費のためになど。

事情を抱えた女たちは高収入だからこそ、付添婦の仕事を選び、地方から出稼ぎにきていたのだった。

慶子は語る。

「ああいう働き方で家を守ってきた人たちがいたんですよ。資格を取って、労働環境が良くなってもせいぜい手取りが10万～15万の給料の仕事よりも、辛くても稼げる仕事のほうがいいという人たちが。仕送りが出来ないですからね。やめて多くの人が田舎に帰っていきました」

離婚をしたら、平穏な暮らしを取り戻せたわけではなかった。週に100万円も夜遊びに使ってきた元夫は、三人の子どもの養育費さえ一切払おうとしなかった。

新倉の家から相続した遺産はすべて夫のもの。慶子は難しい年頃の子どもたちを支えながら、家計費も教育費も自分で捻出していかなければならなかった。

その上での付添婦廃止による経営難。家庭の事情を抱えているからこそ付添婦として働いてきた人たちを見捨てるわけにはいかない。

離婚しても離婚しなくても、慶子を多難が待ち受けていたのだ。

あまりの重圧に押しつぶされそうになり、追い込まれて慶子自身が鬱に苦しんだ時期もあった。

しかし、人間というものは負荷がかかったときこそ、人間の真価を発揮させるもの。降りかかる困難の波を払いのける、思わぬ力が人生を好転させる。

降りかかる難題を何一つ投げ出すことなく、逃げることも諦めることもせずに、彼女は乗り越えることができた。

「慶子さんじゃなきゃ、とても出来なかったと思いますよ。本当に、彼女はすごい人なんです。こうやっておとなしくほほ笑んでいて、とてもそうは思えないでしょう？」

と彼女とは長い付き合いの親友は語り、その横で慶子は静かにはにかんでいる。

慶子は自らケアマネージャーの資格を取得し、業界の大変化を見事に乗り越えた。

介護業務を中心に経営を多角化し、今では居託介護支援、訪問介護、小規模多機能型居託介護施設など幅広い介護支援サービスを展開している。

離婚してからずっと、慶子は一度も元夫に会っていなかった。だが、「いくつになっても親は親だから」と慶子は子どもに言い聞かせてきた。

ある日、将司の弟を通して連絡がきた。将司の糖尿病が悪化して、足の切断手術を受けるという。心筋梗塞もあり命が危ないということだった。

子どもたちに伝えると、三人はすぐに父に会いに病院に向かった。離婚してから17年ぶりの親子の再会だった。父は子どもたちとの再会をとても喜んだという。

離婚後すぐに、父は酒を浴びるほど飲むようになったらしい。糖尿病が悪化して人工透析治療も受け、もう目も全く見えなくなっていた。長いこと入退院を繰り返す日々だったようだ。

「家に帰ってこられたら困ります！」

とA子は父の横で医師に言ったらしい。

透析治療は特定疾病療養受療証の交付を受ければ、自己負担額はほんのわずかである。高収入だった将司には月に三十万もの年金が入っていたはずだから、A子にとって入院してもらうことに越したことはないのだ。

亡くなる一年ほど前のことである。不思議なことに、将司がずっと慶子に任せっぱなしにしていた新倉家の仏壇を渡してほしいと、また弟を通して伝えてきた。

「慶子さん、お花だけは絶やさないでね」と言って亡くなった義母の言葉を思っては、墓も仏壇のお供えもしてきた。

しかし、「他人がやってはいけない」と聞き、離婚した立場の自分がするのはいけないと思って、仏壇を閉じておくことにしたのである。

将司に送ることも考えたが、何だか捨てられそうな気がして出来なかった。将司は何かを感じたのだろうか？

元夫の希望を聞いて、慶子は受け取りにきた将司の弟に仏壇を渡した。

そこには新倉の両親と、子どもがいなかった父の弟夫婦の位牌も入っていた。そして五百年にわたる新倉家の過去帳も。

次に子どもたちが彼を見舞ったのは、再会から三年が経ち、父の体調がさらに悪化してからだった。父の死期は近づいていた。

「ずいぶんご無沙汰だったじゃないか……」

と父は言った。前回会いに来てくれたから、またすぐに会えるものと期待していたようだった。

「結婚したり、出産したりで、いろいろ忙しかったから……」

と娘が答えた。

親の義務も果たさなかった父は、娘が結婚も孫の誕生も自分には知らせてくれなかったことがとてもショックだったようだ。

父が亡くなったと連絡を受けて、三人の子どもが父の亡骸と対面したのは火葬場だった。慶子は「お花だけは供えなさいね」と伝えて、子どもを見送った。

火葬場でのお別れは花も戒名も僧侶の読経もない、本当に焼くだけの何もない葬儀だった。子どもが用意した花がなければ、棺に入れる別れ花もなく荼毘に付されるところだった。享年68。新倉の家に養子にきてから50年が経っていた。

収骨の後、遺骨箱におさめられた父の遺骨を、A子の父親がまるで物のように片腕で小脇に抱えて持ったのを見て、

「……俺が持ちます」

と長男が両手で父親の遺骨を抱えた。

会食だけはあったが、お金がないからこういう葬儀しかできないということをにおわせる目的の場だった。A子は子どもには一切分ける財産はないと言いたかったのだろう。

「お金なんかけっこうです！」

と長男がきっぱりと言い切り、これまで父がしてきたことを語った。

娘と次男は黙って聞いていた。

A子にお金がないはずはないのである。将司が亡くなる少し前に、住んでいた一戸建ての自宅を売却して、都内に広いマンションを借り、自分の父や妹などを呼びよせて一緒に暮らしていた。

2億円の生命保険も手に入れたことだろう。10年前、新倉の母が亡くなった時に支払った相続税の額からすれば、かなりの不動産や財産があったはずで、それを根こそぎ奪って、子どもたちには一銭も渡さないと強硬な姿勢のA子だった。

子どもたちもそんなお金はいらないと、要求することもしなかった。

四十九日の法要で、新倉家の墓で再び子どもたちはA子と会った。戒名がないと納骨ができないと言われて、A子がつけてきたのは一番短い戒名だった。

「お葬式の日にお別れができなかったから、ぜひ、納骨には立ち会わせてほしい」

と父・将司の会社の元同僚も来てくれた。

墓の前でA子はこう言って、紙袋を長男に渡したのである。

「私、死んだ人には興味ないんで」

紙袋には五基の位牌が入っていた。わざわざ会社の関係者が来てくれたにもかかわらず、納骨の後の会食もないまま、墓の前で解散となった。

父は位牌となり紙袋に入れられて、ふたたび〝家族〟の元に戻ってきたのだった。

納骨を最後に、A子と家族は会うことはなかった。A子はお金以外は何も要らなかったのだ。彼女には墓も位牌も邪魔な存在でしかなかったのだろう。

新倉の家が大切に守り繋いできたものを我が子には何も遺すことなく、A子によって根こそぎ奪われて、父はあの世に旅立って逝った。大切にしてきた仏壇も五百年の歴史が刻まれた過去帳も家族の元に戻ってくることはなかったのである。

将司の没後、A子は死後離婚も再婚もしていない。A子には今も将司の遺族年金が支払われている。

一周忌を前に、慶子が別れた元夫のためにしたことがある。以前に院号の意味を聞いたことがあった。新倉の先祖がみな戒名に院号がついているのに、彼だけがついていないのでは、あちらにいって除《の》け者にされるのではと気になっていた。

そこで詳しい友人に、何とかできないものかと相談してみたのだ。一度つけた戒名はなかなか変更はできないものだが、戒名の上に足すかたちで、特別に院号をつけてもらえることになった。

そして、納骨に来てくれた会社の人にも一周忌のお知らせを送ったのである。子どもたちを表に立たせて慶子は陰に控えて、父親の一周忌を執り行った。

会社の元同僚は古くからの付き合いで、家庭のいきさつもすべて知っていた。その上で納骨や一周忌の法要にも、旧友の供養のために来てくれたのだった。

法要の後の会食の席で、会社の元同僚は家族に向けて言った。

「新倉の名誉を回復するためのイベントなら、いつでも参加させてください」

この言葉はあの世の将司にどう響いたのだろう……。


なぜ、慶子はこれほどまでに、新倉の墓や仏壇を大切にしてきたのだろう？

それは、慶子が育った家の教育にあった。慶子の育った家も関西の旧家である。一族の立派な墓があり、家の仏壇は天井に届くものだった。

両親も信心深く、常日頃から「先祖のおかげだと感謝する心」を養われてきたという。

離婚したばかりの頃は、墓参りも仏壇の供えもしていたそうだ。だが縁もゆかりもない他人がしてはいけないと聞いて、墓掃除も自分は端っこの草取りをするぐらいにして、なるべく子どもに任せるようにしてきたという。

仏壇も自分がしてはいけないと思い、途中からは閉じたままにして置いていた。だが、仏壇を粗末にしてはいけないという思いから、離婚後も新倉の立派な仏壇を置ける一戸建てを探して、引っ越しをしてきたという。

だが、元夫が亡くなる一年前に仏壇を求めてきたので渡したら、死後は紙袋に入れられた位牌だけが戻されてきた。新倉家の過去帳も失ってしまうことに。位牌だけを祀っていたが、やはり家がないと落ち着かない。

今では小さな仏壇を買って、そこに新倉家の位牌を祀り、お水と花と供え物を絶やさないようにしている。

慶子は、自分はあくまでも「つなぎの役」だと思って仏壇を守っているのだという。新倉の家を出た人間だから、自分のお願いごとは一切しない。

「子どもと子どもの家族のことを、どうぞお守りください」と、日々先祖に祈るのだ。

なぜ、こんなに苦しめられた元夫のために、そこまで出来るのかと尋ねると、

「お墓や仏壇を守るとか、そういうのは別に抵抗がないです。新倉の父や母が可愛がってくれたなと思い出して。母に亡くなる前に言われたんですよ。『墓の供養のために1千万円くらいは別に遺しておくから。慶子さん、だからお花だけは絶やさないでね』って」

と語る慶子の瞳から初めて涙がこぼれた。

新倉の母が墓の供養のために遺しておいてくれたお金もすべて、養子に来た甥の将司が放蕩の限りを尽くして一円も残さなかった。

「仏壇のお花が枯れると、やはりなんか気になってね。私は『つなぎの役目』でお預かりしているつもりで、今はお墓も仏壇も守っているんです」

ここまで困らせた父親なのに、子どももよくお墓参りに行くという。心に傷を抱えているだろう次男も。

娘は嫁ぎ先の亡くなった義母のために、この二年間、月命日には欠かさず花を贈っているのだそうだ。慶子の心は娘にも引き継がれていた。

いずれ新倉の墓や仏壇は長男が継ぐことになるだろう。娘が慶子のために墓地を用意してくれた。娘の夫は次男だから、いずれ自分たちも入るお墓として守っていけばよいと。

「私は『新倉の家』に嫁にきちゃったのかなって、思うんです。それが夫には面白くなかったのかも？　いったん途絶えた新倉の家を、わざわざ養子までもらって、血をつなげようとした新倉の父と母の願いだけは一応叶えて、家族の絆《きずな》を繋げることができたかと思っています。日々、ご先祖様に見守られているなって感じますよ」

と彼女から恨みの言葉は聞こえてこない。

「慶子さんが守ったのは『家族の絆』なんですよ。旧家としての新倉の家じゃないのよ。彼女がいなかったら、家族はバラバラになってしまっていたかもしれない。それを彼女がしっかり『家族の絆』を紡ぎ直して、繋ぎ留めたんですよ。離婚で崩壊してしまう家族はいっぱいいますよ。離婚って、それくらい大変なこと。彼女は本当によく乗り越えたと思いますよ」

と親友は力を込めて語った。

横で慶子さんは静かにほほ笑んで聞いている。

互いに尊敬し支え合って生きてきたこの二人の女性に、友としてのたしかな絆を感じるのだった。

新倉慶子さんは私のほぼ10歳年上の女性である。自分で会社を経営し、経済的にも立派に自立した、現代を生きる女性だ。それなのに離婚した夫の墓や位牌を婚家の先祖とともに守る彼女に驚くばかりだった。

慶子さんの話を「耐え忍ぶ古風な嫁の美談」として伝えたいのではない。正直な気持ちを語れば、彼女のような辛い思いを誰にもさせたくないし、女性一人がこんな重荷を背負うことがない世の中になってほしいと願っている。

離婚できない時代から、離婚してやり直せる時代になったことも、また結婚観が大きく変わり、家意識が薄れることで男女平等の社会に変わっていくことも、喜ばしいことだと考えている。

でも離婚の自由が人を幸せにできるわけではない。自由にはそれなりの責任が伴う。

取材で最後に語った、慶子さんの親友の言葉が今も私の心に響いている。

慶子さんが守り繋げたのは、「家族の絆」だったのだ。過去の家の歴史ではなく、生きた人の人生の歴史が家族を繋げた。三人の子どもたちは独立して、それぞれに自分たちの家庭を築いている。

そうした今でも、彼女がこれからの「家族の在り方」を考え、おおらかな気持ちで家族を見守り束ねているのを感じる。

「生と死」の場面では、まさにその人の人間性がそのまま見えてくる。

彼女がしっかり次世代の心へ守り引き継いだものの豊かさ、大きさを改めて思う。それは目には見えないもので、お金でも買えないものだった。

毎日が急速に変化していく現代社会。見えない大きなものを失う前に、いま少し立ち止まって、考えてみるのも大切だと思った。これからの新しい時代を豊かなものにするために。

仏壇がある部屋は、子どもたちや孫の写真で溢《あふ》れているそうだ。

小さな仏壇となり、過去帳も失ってしまったが、新倉家の新たな歴史がこれから刻まれていくことだろう。

「西の空」まで往路の旅もまた良し！

生まれ故郷でもなく、まだ訪ねたこともない島根のお寺に、亡き妻と一緒に眠りたいと願う男性を都内の自宅に訪ねた。

中川健一さん（80・以下敬称略）、長年、映画やTVドラマの撮影に携わってきた元カメラマンである。4年半前に、最愛の妻、榮《さかえ》さん（以下敬称略）を78歳で突然亡くしている。中川健一は東京、妻の榮は愛知県の出身である。二人に子どもはいない。なぜ、島根のお寺に眠りたいと願っているのだろう。

２０１６年の夏に、妻の榮は脚の浮腫《むく》みの原因が心臓にあるとわかり、大手術を受けた。手術は無事成功。ひと月半の入院の後、自宅療養をしながら、元気になって夫婦で旅をすることを楽しみにしていた矢先、別れは突然に訪れた。

その日の朝、「今からコーヒーを沸かすからね」と中川が声をかけると、榮はいつも通りに、「うん。お願い」と応えた。しかし、「コーヒーが入ったよ」と言っても返事はない。コーヒーを淹《い》れるわずかの間に、愛する妻は静かに息絶えていた。

蘇生処置のかいなく、救急搬送された病院で死亡が確認された。

自宅ですでに呼吸が確認されなかったので、生活安全課の刑事が自宅を訪れ、現場検証をした。病死と判断され、司法解剖を免れた。

妻とは生前、お互いにその時が来たら、「ほとんど人にはわからないようなお葬式にしようね」「延命措置は希望しない」と話し合っていた。

いわゆる一般的な葬儀の儀式は好きではなかった。とくに信仰する宗教もなかった。

病院の霊安室に三日安置された後、愛知から駆け付けた妹二人と近所の親しい友人二人に夫のみのごく親しい人だけに見送られて、荼毘にふされた。

それが妻の希望だったのだ。「亡くなった顔を、いろいろな人に覗《のぞ》かれたくないもの」と。

火葬の前に葬儀社が頼んだ僧侶がお経をあげた。

一緒に朝のコーヒーを飲むはずだった妻は遺骨になって自宅に戻ってきた。実家の墓に父母と入りたいと分骨を望んでいた妻のために、二つの骨壺に収めた。

とくに葬儀はせず、すぐに知らせもしなかったが、悲報を聞いて香港から日帰りでお悔やみに来た日本人女性もいた。

「榮さんは私の恩人だもの。でも、お元気な時に、もう一度お会いしたかった」

と香港で映画の仕事をしている彼女は遺骨を前に呆然と絶句した。面倒見がいい妻は多くの人から慕われて、交友関係も広い人だった。

榮は香港映画会社ショウ・ブラザーズで日本駐在マネジャーと翻訳を担当していたチャイ・ラン（蔡瀾）の下で働いていた。

その後、チャイ・ランが香港映画を牽引《けんいん》してきたゴールデン・ハーヴェストに移り、東京代表を務めたのち、香港で副社長兼プロデューサーとなった。榮は彼の後を継いで東京代表を務めた。

入院する前まで、軽減しながらも現役で仕事を続けていた。

夫の中川ともショウ・ブラザーズの仕事を通して知り合い、結婚して43年。退院後に、「これからはのんびり生きなよ」と夫は妻に語ったばかりだった。


日本と香港を繋ぐ華やかな映画の世界で多くの人と仕事をしてきた中川夫婦であったが、「ほとんど人にはわからないようなお葬式」を二人は望んだ。

建前やうわべだけの儀式にはうんざりしていたのだ。

妻が亡くなって数日後、島根から訪ねてきた旧友がいた。浄土真宗本願寺派の寺の住職を務めるKさんである。Kさんは中川のTVドラマの仕事の後輩にあたる。

父の他界を機にテレビの仕事をやめて故郷の島根に戻り、実家の寺を継いでいた。彼が供養のために袈裟《けさ》を持参で上京し、中川家で妻のためにお経をあげてくれた。

二人だけのお葬式のようだったと、その日のことを中川は振り返る。

「映画の仕事仲間なんてさぁ〜、引退したら冷たいもんだよ。仕事しているうちは、なにか仕事をもらえるかと寄ってくるけど。だけど彼だけは違ったの。ずっとこんなに親しく付き合っているのって、Kちゃんだけなんだよね。もう30年以上になるんじゃないかな」

島根に戻ってからも、Kさんは何かと全国の珍味や旨いものを見つけては中川に送ってくれた。

妻は「お坊さんから贈り物を貰うなんて珍しい人だね！」と、笑っていた。

中川を「健兄《けんあに》」と呼んで、兄貴のように慕う。今でもKさんが上京するたびに、二人は昔のように酒を酌み交わす仲だ。

読経の後で、Kさんは中川に語った。

「浄土真宗の教えでは亡くなられた方はみな浄土に渡っておられるから、何も心配することはないんだよ。供物も要らない。奥さんのことを想ったら、ただ西の空を見て拝めばいい」

「ただ西の空を見て拝めばいいいんだってさ、なんか浄土真宗っていいよね」

と中川は静かにほほ笑む。


中川は3年前、Kさんを訪ねようと島根の旅に出る日に、下血をして救急車で病院に運ばれた。旅の仕度がそのまま入院の荷物となった。肝臓と大腸にがんが見つかり、二度の手術を受けた。

大病をしてみて、今後のことを決めておかないといけないと真剣に考えるようになった。自分たちには子どもがいないのだから、自分が倒れた時、自分の死後のことも決めておきたい。

妻の願い通りに、実家の墓への分骨は済ませた。後は自分と一緒に眠る墓を用意すればよい。小さな仏壇を買い、そこに自分と一緒に墓に収める妻の骨壺を置いている。

それまで何となく、妻と自分の遺骨を納める納骨堂を買うことも考えてはいた。

そんな時に、Ｋさんとの会話で、

「どうせなら、お前の寺に墓を建てようかな。お前に拝んでもらえるしさぁー」

と中川が言うと、

「田舎でも墓を建てるとなれば百万はかかる。それに外だと雨の日は、お参りに出ない日もあるけど、うちの本堂に預かれば、毎朝のおつとめのたびに、健兄に声をかけてあげられるよ」

というＫさんの言葉に、中川の心が動いた。

「そうだ。それが一番いいよ！」

妻もきっと喜んでくれるにちがいない。中川に迷いはなかった。


中川健一という男の人生を振り返ってみたい。彼はどんな人生を歩み、80歳を迎えて、なぜ、そうした決心に至ったのだろうか？


中川健一は１９４０年（昭和15）に東京で生まれた。

父は会社員だった。母親が実の母ではないことを初めて知ったのは、高校入学の手続きで戸籍謄本を見たとき。

それまでは何も知らずに育った。母だと思っていた人は、実母の妹だった。

実母は中川が２歳の時に他界しており、その後、父は母の妹と再婚していたのだった。いつ新しい母が来たという記憶がないというから、実母の没後間もなくだったのだろう。

親だけでなく、親戚ぐるみで実母のことは封印されたのだった。

7歳下の弟は父と養母の間にできた子である。

しかし、実母ではないことを知ったことは、これまで親にも誰にも言わなかったという。友達にも打ち明けることはしなかった。人に言うべきことではないと思っていたから。

家には実母の写真もなく、実母の存在は完璧に抹消されたものになっていた。

養母は姉の子と自分の息子をあからさまな待遇の違いで差別することはしなかった。それなのに、なぜか母という人に母らしいぬくもりを感じられなかった理由がやっとわかり、納得がいったという。

高校時代はよく授業をサボって映画を観に行き、映画が彼の心を癒やしてくれた。そして、いつしか映画の仕事を志す青年になっていった。

20歳の頃、劇団民藝の映画部に入った。日活が*五社協定《ごしゃきょうてい》の締め出しによって俳優不足に苦しんだときに、民藝は同社と提携し、多くの劇団員が日活映画に出演していた。


（*五社協定は、日本の大手映画会社5社〈松竹、東宝、大映、新東宝、東映〉が1953年9月10日に調印した専属監督・俳優らに関する協定。後に日活が加わり、新東宝が倒産するまでの3年間は六社協定となっていた。1971年をもって五社協定は自然消滅した）

日活からも吉永小百合や松原智恵子、浜田光夫が演技の勉強に民藝に来ていた。吉永小百合が初主演した映画『ガラスの中の少女』（１９６０年　日活）は、中川が一番下っ端の撮影助手として撮影に参加した思い出深い作品である。

しかし、父も養母も映画の仕事を蔑み、中川の夢への理解はなかった。映画撮影の仕事柄、家に帰る日もあれば帰らない日も続く不規則な生活だった。

25歳で一人暮らしを実現させるまで、理解されない家族の元から仕事に通うのは、孤独と重圧の日々だったことだろう。

実家を出たばかりの頃、父の実家がある富山に実母の墓があることを人づてに聞き、ひとり夜行列車で墓参りに行った。

しかし、その直後に寺から養母に連絡がいき、養母は実の姉の遺骨を墓から持ち出して、彼が二度と墓参りが出来ないようにしてしまったのである。

「そういう姑息な女《ひと》でしたね」

とため息とともに呟いた。

「よく子どもを虐待死させる母親の事件があるじゃないですか。ああいう事件を聞くと、もしかしたら、自分も殺されていたかもしれないって思うんですよ。暴力だけじゃありませんからね。わからないようにやろうと思えば……」

「自分も殺されていたかもしれない」、これは親にひどい虐待をされた経験者が共通して語る言葉である。

他者から見えやすい暴力でなくとも、見えないところで、証拠を残さずに親は子どもを容赦なく消すことさえできる残虐性をもっている。

しかし、そうした犯罪になりかねない冷酷な悪意は世間のフィルター越しに見えることはない。


実家を離れ、辛い仕事も冒険のようで楽しかった。

『だれの椅子?』(1968年　日活)の撮影で吉永小百合と再会。「わー、なつかしい」と彼女が自分のことを覚えていてくれたと語る中川の顔に笑みがこぼれる。世のサユリストたちが聞いたら、どんなに嫉妬することだろう

香港映画会社がまだ自社で映画製作を本格的に手掛ける前には、多くの日本映画を輸入し、香港のみならず東南アジアに広く配給していた。

そして日本映画が衰退していく中、香港映画の製作が盛んになり、日本映画の監督、美術、撮影の技術者たちも香港に招聘《しょうへい》されて、香港での映画製作に携わったのだった。

ブルース・リーやジャッキー・チェンなどの世界的なスターを輩出した香港映画は日本でも爆発的な人気を呼んだ。

しかしそのヒットの裏には、過去に日本映画を東南アジアに広く配給することによって、メンタリティー共感の土壌を開拓した歴史があったのである。

中川は香港映画社ショウ・ブラザーズの東京事務所を仕事で訪れるようになった。

そこでチャイ・ランの片腕として映画の配給や、ロケ地の交渉を担っていた2歳年上の榮と

出会ったのである。

ずっと後の話になるが、チャイ・ランは１９９０年代にフジＴＶの人気番組「料理の鉄人」に審査員として出演している。お茶の間の人気者、美食家としての彼を記憶している人も多いことだろう。

チャイ・ランが香港に戻り、ショウ・ブラザーズのプロデューサーになる時に、中川にも誘いの声がかかった。中川もカメラマンとして香港映画の製作に加わった。

その香港の仕事で大映にいた島耕二監督と出会った。実は中川が5歳ぐらいの頃、島監督に映画の子役にならないかと誘われたことがあったという。

「なんでも好きなものを買ってあげるよ」と口説かれたが、惜しいことに断ってしまった。

「あの子は、君だったのか?」とまるで映画のような再会シーンが現実となった。

当時、日本人の監督や技術者は中国名で表記され、香港人が撮った香港映画として公開されていた。

ちなみに島耕二の中国名は「史馬山（シマサン）」だったというから面白い。中川はその場しのぎに中国名も本名も使ったという。

１９７３年、33歳の時に榮と結婚。仲人は島耕二監督にお願いした。

ずっと実家との縁を断っていたが、けじめだと思い、決意して二人で結婚の報告に行ったが、父も養母も黙ったままで何も言わないから、すぐに帰ったという。

「もう、私のことはどうでもいいと思っていたんでしょう」

「養母のほうはわかるけど、自分の息子なのに父親までもですか？」と聞くと、

「男ってのは、女の言いなりなもんですよ」

たしかに男尊女卑の時代でも、毒女に敵《かな》う男はいなかったと史実が物語っている。どの時代でも家族を支配し、操ってきたのは毒女なのかもしれない。

それから7年ほどして養母が亡くなり、再び二人で葬式に出向いた。気はすすまなかったが、結婚の報告と同じように、一応家族としてわきまえるべき礼節だと考えたのだ。

喪主は父で、親族が揃った場で盲学校の教師をしている弟から言われた。

「兄貴、実はこういうものがあるんだ」

見せられたのは、父の家の財産のすべてを弟に相続させるという公正証書遺言だった。その場にいた養母の妹たちが立ち会い人として捺印《なついん》していた。

父は一言も言わなかった。

きっと養母は夫の方が先に逝くと考えて、最も効力のある公正証書遺言を作成しておいたのだろう。実母とともに長男である中川健一の存在も消された。

一言の相談もなしに、ことは全て謀《はか》られたのだった。人は生きたように死ぬとよくいうが、まさに養母という人が見える葬式だった。

それをきっかけに父や弟ともきっぱり絶縁した。

後で養母の妹の一人である叔母が、良心がとがめたのか、「すべてを隠すように厳しく言い

渡されていて、どうしても事実を打ち明けることが出来なかった」と詫びてきた。

養母は亡き姉の夫である父との結婚を拒み、嫌々結婚したらしい。他に好きな男性がいたようだった。養母は初婚にもかかわらず、子持ちの義兄との結婚を強いられた。

いきなり姉の子の母親として生きるのは荷が重かったのかもしれない。

そこに自分でお腹を痛めた息子が生まれ、愛情は実の子へと傾いていったのだろう。昔はこうした兄弟姉妹との婚姻が実に多かったと聞く。

夫を戦争で失った未亡人と、その兄弟との婚姻が当たり前のように行われてきた。

しかし、無理を強いた関係で生じたひずみは、必ず弱い立場の子どもが背負うこととなる。

語られない家族の裏面史が世の中にはまだまだ隠されているのだろう。

その叔母から実母の写真を渡された。40歳を過ぎて初めて目にした亡き実母の写真だった。

今でも中川はその写真を大切にしている。

子どもが早く新しい親を受け入れ、慣れるようにと出生を隠す事情も理解できる。しかし、一生隠し通すことはできないことである以上、分別ができる18歳か20歳の青年期になったら真実を伝える責任があるのではないだろうか？

現実をどう受け入れるかで人は成長をするものだが、真摯《しんし》な姿勢は関わる大人たちの責任でもあると思う。40歳で事実を知らされるのはあまりにも酷なことだ。

父親は結局、長男のために何もしなかった。沈黙を貫き、ただ後妻に従ったのである。

前述したように、チャイ・ランが香港に戻ると、棠がゴールデン・ハーヴェストの東京代表に就任した。

ゴールデン・ハーヴェストはブルース・リーに続き、１９８０年代には『Ｍｒ．Ｂｏｏ！』シリーズやジャッキー・チェンなどの話題作、大スターを世界に送り出し香港映画の全盛期を迎えた。

ゴールデン・ハーヴェストの仕事で、中川は、１９８９年6月4日、天安門事件が起きた日に再び香港に降り立ち、一年ほど映画の仕事をした。

帰国すると、弟から父が亡くなったとの電話をもらった。あの養母の葬式から10年が過ぎていた。

死因も何も聞かずに、「そうか、わかった」とだけ言って、電話を切った。結局、父は息子の苦しみに触れようともせず、何もせずに旅立って逝った。

彼も父親の葬儀に行かず、何もしなかった……。何も聞こうとさえしなかったのは、それが彼の意思表明でもあったのだ。

たとえ養母が謀《たくら》んで書かせた公正証書遺言があっても、遺留分減殺請求を起こせば、中川の遺留分の相続権は法律で守られている。

しかし、妻がきっぱりとそれを止めた。

「やめときなさいよ！　どうせ負け犬なんだから。そんなお金、最初からなかったと思えばいいよ。放棄しちゃいな！」

彼は養母と腹違いの弟が望む通りに、相続権を放棄した。

その代わりに父の供養にも一切関わろうとしなかった。それでよかったのだと、後悔はない。

実母の墓は養母に動かされてしまったし、父の墓参りも一度もしていない。

そうすることで、憎しみも断ち切って前を向いて、妻と共に映画の仕事に邁進《まいしん》してきたのだろう。

「結婚してからは、幸せでしたよ。好きな映像の仕事をできたし。自分の家族に関係なく、妻を中心に生活を築けたのは幸せでしたね」

妻のほうは実家とは円満で、妹とも仲がいい。

妻に舅姑の苦労をさせずに済んだのは幸いだった。

香港映画が下火になると、中川は日本で土曜ワイド劇場や火曜サスペンス劇場などのテレビドラマの仕事を数多く手掛けた。

これらのテレビドラマの撮影の仕事で出会ったのがKさんだ。Kさんはテレビの仕事から退き、寺の住職になった。

さすが元活動屋だけあって法話が上手いと、僧侶としてもなかなか評判が良いらしい。中川も仕事を引退して17年ほどになるが、今でも時折、「牟田刑事官事件ファイル」シリーズなど、再放送で懐かしい作品と出合い、半生を振り返ることがある。

これまで無宗教できたが、妻を見送ってKさんの話を聴いているうちに、浄土真宗に親しみを感じるようになった。

三カ月に一度くらい、築地本願寺にお参りにいくようにもなった。

死ぬ時は自分が慣れ親しんだ土地や家に帰りたい、死後は故郷で眠りたいと願う人が多いと聞く。

あるおばあちゃんが死ぬ前にもう一度、家に帰りたいと言うから、施設から連れて帰ったら、おばあちゃんにとっての自分の家とは嫁ぐ前の実家で、すでに次世代が継いでいた。無理をお願いしてお邪魔させてもらったら、客間に通されて客扱い。おばあちゃんが行きたいのは台所や居間といったもっと生活臭のあるプライベートな場所であり、それ以上の無理はいえなかったという話を聞いたことがある。

徳永進の著書『死の文化を豊かに』におもしろい視点がある。

徳永氏は鳥取市で「野の花診療所」というホスピスを運営する医師だ。著書の中で、「帰るベクトルでなく、『巡礼死』のように行くベクトルで死を迎えるのもいいじゃないか」と述べている。

帰路の死を求めずに往路の死を覚悟して、人生の旅路と出会いを楽しみながら残りの人生を過ごせたら、もっと豊かな心で最期を迎えられるのではないかと、筆者なりに考えていた。

お墓も同じかもしれない。墓守りを血縁に、墓の場所をゆかりの地に拘《こだわ》ることもないのではないかと思う。

また夫婦の場合、自分にとって故郷の土地でも配偶者にとってはなじみのない土地である場合が多い。

どうせなら、夫婦揃って初めての土地に眠る冒険もなかなか面白いのではないだろうか？

中川は、いつか自分があの世に旅立つときが訪れたら、遺《のこ》った自分のマンションなどをＫさんに譲り、亡き妻と共に島根の彼の寺で眠りにつきたいと考えている。

法的な手続きをきちんと踏んでおかないと、子どもがいない彼の遺産は実弟に渡ってしまうのである。それを防ぐためにも、手続きをきちんと生前にしておこうと準備を進めている。

「それは宗教者冥利《みょうり》につきるけど、こればっかりはどっちが先かわからんよ。でも、うちの寺でいつか健兄と一緒に眠るのもええでしょうなぁ～」

とＫさんは答えた。

中川氏にとって、Ｋさんはまさに弟みたいな存在。無事に手続きを終えたら、もう何も心配せずに、人生をまだまだ楽しんでもらいたい。

榮さんが亡くなる前夜。

「そろそろ、寝るよ」と言うと、

「朝まで、ここに居て」と珍しいことを妻が言った。

なのに、「また、朝に会えるから」と自室に戻ってしまったことを、今でもずっと後悔している。

「朝まで、ずっとそばにいてやればよかったよ」

浄土に渡っているからお供えは要らないと言われても、やはり妻が好きだったはちみつ入りのコーヒーを毎朝供えて、一緒にコーヒータイムを過ごすのが日課だ。

妻のことを想うとき、彼はただ遠く西の空を見つめている。

第4章　悩める家族を救うお助け人

「親を捨てたい人」を救えますか？

これまで8つの事例を見てきたが、この8家族が抱えた絶縁家族の問題は決して過去の話ではなく、今現在も、これからも世の中で起きる問題である。

こうした家族の問題は人間が抱える普遍的なテーマなのだろう。

このところ、とみに「親を棄てたい」「親を捨てちゃえば」という辛辣《しんらつ》な言葉を耳にするようになった。これまでには聞かなかった言葉である。

いわゆる毒親本で「親を棄てる」「親を捨てた」という毒親の介護と看取りをテーマにした体験本が書店に多く並ぶようになった

親子愛、家族愛至上主義の日本で、そのような言葉が叫ばれる現実に目を背けてはいけない気がする。

カウンセラーとして、数多くの家族問題に苦しむ人をみてきた信田さよ子氏は著書『タフラブという快刀《かいとう》』の中で、家族の問題について、以下のように述べている。

「『家族は社会の最小構成単位』などといわれるが、家族はまるで社会のゴミ処理場だなあ、と思うことがある。負の部分も腐った部分も引き受けて、社会を底辺で支えているのが家族なのだ。どんな社会にも非合法地帯が必要悪として存在しているが、家族もそんな役割を担っている。なぜなら、家族は治外法権であり、無法地帯だからである。家族の中では、外の世界では犯罪とされることが平然と行われている。性犯罪、暴力、窃盗《せっとう》などのあらゆる犯罪が許されている」

信田氏のこの言葉は、殺人や虐待死事件、ＤＶ問題などの凄惨《せいさん》な事件が家庭内で起きている理由の核心を突いて、家族問題に楽観的な社会に警鐘を鳴らすものである。

ＮＨＫが２０２１年5月6日放送の「クローズアップ現代＋《プラス》」で「親を捨ててもいいですか？　～虐待・束縛をこえて～」でこの問題を取り上げた。ＳＮＳ上での反響は予想以上に大きく、この問題に悩んで苦しんでいる人がいかに多いかを示すものだった。

「親を捨てたいというクライアントには、捨ててもいいですよと答えてあげる。カウンセラーくらい、そう言ってあげなきゃ。誰も言ってくれないでしょう」

と番組の中で信田さよ子氏が語った言葉に涙した人は多かった。

家族愛信仰が強固な日本では、親子の縁は容易《たやす》く切れるものではない。親からの虐待、ネグレクト、過干渉や束縛に悩んできた40代、50代の人が、老いた親から解放されたくても、親も社会も子が親の面倒をみるのは当然と考えている。

そうした親ほど親孝行を徳とする社会を味方に、子どもを縛って離そうとはしない。「老い」も弱者としての鎧《よろい》となり老親を守る。

だからこそ、そんな社会の大合唱に負けまい、潰されまいと「親を棄てたい」「親を捨てる」と勇気を出してSNSで声をあげれば、「私も！」とすぐに共感の声で盛り上がるのである。

だが、それだけSNSの世界で叫ばなくてはいけないということは、逆に誰もが簡単に親を捨てられずに苦しんでいるということなのではないだろうか？

親からの虐待を訴えて守られるのは子ども時代だけなのだ。なんとか生き延びられたら、社会はどんな親であっても、子に老親の世話をする責任を求める。

家族愛に満ちた平和な家庭で育った子にも、崩壊した家庭の子にも等しく求められる「親への孝行」。そうした強固な社会通念こそ、「親を捨てたい」という叫びの原因であるということを、世間は決して認めようとはしない。

「親を捨てたい」という相談

終活全般をサポートする民間団体、一般社団法人LMNの遠藤英樹代表理事に話を聞いた。

ここでは介護から看取り、葬儀に納骨、死後の遺品整理、相続と、終末期から死後まで包括的に家族に代行するサービスを提供している。

依頼者が望めば、ほとんどのことを家族に代わって引き受けてもらえる、数少ない終活団体だ。

ＮＨＫ「クローズアップ現代＋」の反響はかなり大きく、最近は問い合わせの８割は親の世話が負担だ、介護をしたくないという相談になってきているという。５年前にはほとんどなかった相談だ。

そして、そういう相談者のほとんどが今までに何かしらのカウンセリングを受けていて、カウンセラーから「嫌なら親から逃げなさい！」「いいよ、親を捨てても」と言われた人たちだという。

長年にわたって親との関係に苦しんできた人が、「自分の人生を破滅させないために、親を捨てることも選択肢の一つだ」と諭されても、具体的な方法は教えてはもらえない。

しかし、「捨てる」ためにはそれなりの受け皿が必要である。「どうしたらできるのか？」と困惑してＬＭＮに相談が寄せられるらしい。

行政は何かあれば必ず家族、血縁者に連絡が行くようになっている。むやみに介護も看取りも放棄すれば、保護責任者遺棄罪や死体遺棄罪に問われてしまうことになりかねない。

家族からはそう簡単に逃れられるわけではないのだ。

ここ５年の間に、親の介護の負担から逃げたい、絶縁している親の世話をしたくないといった相談や依頼が急増したという。とくにこの一年の「親を捨てたい」という声の高まりに呼応して、相談者が５倍に増加したというのは驚きである。

だが、相談は多くあっても、一切親の介護も看取りも何もしたくないから、すべて任せたいという依頼はごく少数派だという。

大抵は「親を捨てたい」と言いつつも、まだそれだけの覚悟はなく、相談することや契約することでひとまず安心するのか、落ち着く人が多い。

「なにも最初から『捨てる』とまで、覚悟を決めなくてもいいんですよ。人生に決まったシナリオなんかないものでしょう。そのつど、考えて私たちに依頼したいことを決めてもらえばいいんですよ」

と遠藤氏は語った。

契約をしても本人がどう親と関わっていくかは、そのつど考えていけばよいことで、変更もできる。

認知症や介護がどうなっていくのか、先は誰にも見えない中で、とりあえず耐えきれなくなったら、すべてをお願いできるという安心感に救われるのかもしれない。

遠藤氏は続けた。

「家族と他人の間をつなぐ二・五人称の関係が私たちに求められていることだと思いますね」

たしかに家の問題を第三者の他人には相談も頼むことも憚《はばか》られるもの。また、理解もせずに家族の問題に立ち入られることも不快なものである。他者と家族を繋ぐ存在が必要かもしれない。

一時の憤りの感情のままに、一気にすべてを委ねてしまい、後になってから「一体、自分は何をしたかったのか？」とわからなくなる依頼人もいるという。

たしかに、介護だけでなく、親の看取りや葬送まですべて人に委ねるには、それなりの覚悟が必要だ。

それまでに充分に苦しんできた人が、世間からの重圧に押しつぶされることなく、自身や次世代を守るための決断をすることは必要だと思うが、自分自身の気持ちにはしっかり向きあって決めてほしい。

ＮＨＫの番組の最後で信田さよ子氏が語った言葉が思い出される。

「親を捨ててもいいですよといってあげると、不思議とそういう人は親を捨てないものなんですよね」

家族代行という仕事が、そうした悩みを抱える人のセーフティーネットになっていることは間違いないだろう。親子二世代の共倒れを防ぐには、代わりになってくれる受け皿の存在が必須である。

依頼者は自分に代わってくれる存在を得て、初めて今後の関わり方を考える余裕と時間が持てるのかもしれない。

その家族が背負ってきた深い事情も理解せず、何も手を貸すこともせずに、ただ家族代行に頼る人を非難することこそ、非情な行為なのではないだろうか？

家族代行業にどこまで頼めるの？

「私たちの仕事は、家族の関係を切ることが目的ではありません。家族が出来ないことをお手伝いして、家族を救う仕事だと自負しています」

と遠藤代表はきっぱりと語った。

２０１６年に一般社団法人ＬＭＮを設立した当初は、子どものいないシニアのために家族代行をすることを主にスタートして、ケースワーカーからの相談と紹介がほとんどだった。

ＬＭＮのＬは「生活の life」、Ｍは「医療の medical」、Ｎは「介護の nursing」を意味する。

家族からの相談でも、海外など親と遠く離れて暮らしているために、いざという時に世話に行かれない事情を抱えた依頼者が多かったという。

「遠隔地との距離」と同じように、深刻な問題を抱えた家族には、どうにもならない「心の距離」があることを社会が受け止めないと、当事者はますます孤立するばかりだろう。

家族代行サービスとは？

一般社団法人ＬＭＮの場合を例に、家族代行サービスではどんなことを頼めて、どれくらいの費用が必要なのか見ていきたい。

まず、高齢者本人ではなく、依頼者である家族をサポートする目的のサービスであることがポイント。

登録料の16万5千円とコンサルティングの費用（医療・介護、相続関連、お片付け、葬儀・供養、マネー〈保険・年金〉）を含む、お得な33万円のトータルパックを申し込む人が多いそうだ。（実施費用は別途必要）

パックではなく、必要なサポートを個別に選択することも可能だ。

それに生活サポートサービス・各種代行業務、定期訪問、緊急時の駆け付け、同行援助や、入所や入院等の手続き・行政手続き代行やサポートなど多種にわたって一回1万1千円（税込み）で頼むことができる。

訪問などの生活サポートは必要になってから始めてもよい。遠方の場合以外は交通費も含まれる。

自分で面会や差し入れに行く場合にも交通費は当然かかる。仕事の休みを取るためのリスクや費やす時間も考慮して、自分にとっての利用価値を考えてみるのもよいかもしれない。

介護施設の選定から納骨までの仲介と手続きをすべてサポートしてもらえる。

だいたい１００万円が費用の目安で、死後までの相談、紹介のコンサルティングと生活サポートを含めて必要になる。80歳くらいからサポートして、５～７年間くらいで他界するケースが多いそうだ。

だいたい80歳前後の親のための依頼が多い。介護施設に入るなど、何かしら不調が出てくる年齢でもある。相談者の大半は親の介護に苦しむ40代〜50代の女性だという。

契約する際は依頼者の希望を詳しく聞き、葬儀と納骨の費用を確実に残す計画で、預貯金や年金自給額に合わせてプログラミングをし、途中で見直し、変更も可能だ。

家族と上手く関係が築けない親の場合、介護施設でも問題を起こして退所を求められる場合が多いそうだ。その場合の転入先の相談や紹介にも応じているという。

施設入所後も何かと本人からの伝言があるなど施設を通して頻繁に連絡が来ることもあるが、第一連絡先となってもらうことで、家族には必要なことのみの連絡にとどめられ、本人との距離が保てるという。

葬儀の手配と代行や立ち会い、菩提寺との交渉や納骨の代行、遺品整理、家の売却などと利用者の死後のサポートもしてもらえる。

【契約者が必ずすること】

＊本人が介護施設に入所した時に、身元保証人の手続きと金銭の管理は家族がする。

＊終末期医療における事前指示書

延命治療はどこまでやるかの事前指示書を預かり、いざという時に家族の希望を病院側に伝える。医師は電話で家族の最終決断を確認する。

ＬＭＮの特徴は、身元保証サービスや介護施設入所の際の保証人代行サービスは行っていないことである。

保証人代行サービスや身元保証をめぐっては、高齢者を騙して高額な契約金を搾取するトラブルに消費者庁が警鐘を鳴らしている。

では、どんな家族代行の依頼がくるのか、具体的な例を聞かせてもらった。

ワンオペ・ダブル介護に疲れ果てた一人娘

Ａ子さん（40代）のことでケースワーカーから相談が持ち込まれたのは、５年前のことだった。Ａ子さんは一人娘で、夫と二人の娘の四人家族。

その一年前に父親は脳梗塞で倒れ、要介護４で特養老人ホームに入ることになった。母親の認知症がそれから始まった。

近所の家の花を勝手に採って、近所から苦情の電話が続いた。また徘徊して警察に保護されたことも何度もあった。

一人暮らしから母親の認知症が急に進み、目が離せなくなってきたのである。

夫は義理の間柄なので「われ関せず」で、とくに協力する姿勢も感じられない。

当時、彼女は父親の介護に続き、実家に住む母親の介護を一人で抱え、疲れ果ててノイローゼ気味になっていたという。

とにかく母親とA子さんを引き離すのが目的で、遠藤（敬称略）に依頼があった。A子さんはそのときやつれ果てて、うつろな感じだったという。

緊急を要するということで、3日間で入所できる施設を探し、有料介護施設入所を手配した。母親には検査入院と説得して入ってもらった。

虐待とまではいかないが、子ども時代から自分の好きなことをさせてもらえない束縛があり、A子さんは「母を好きではない」と自分の気持ちを語っていたという。

最初の頃は母を拒絶しながらも捨てきれなくて、どこかで気にかけているように思えた。実家とA子さんの家は車で15分ほどの距離。一人娘ということで、近くに住むことを選んだのかもしれない。

入居後しばらくは母親も家に帰りたがっていたが、一人暮らしが淋しかったのだろうか？人との会話を楽しむようになり、施設での生活にも慣れていった。娘が来ない理由を聞かれて、「今、お忙しいみたいですよ」と答えると、

「そうなの……」と大抵の親と同じように、それ以上は聞こうとはしない。

「家に帰りたい」と言われれば、

「落ち着いたら、帰りましょうね」と答えるようにしている。

母親はカラオケも楽しんで、一人暮らしの頃に比べてだいぶ明るくなった。遠藤が訪ねると、

いつも喜んで部屋に招き入れ、お菓子などをくれるのだ。

ＬＭＮが相談を受け、実家は売却し片づけた。母親と離れることで、徐々にA子さんも落ち着きを取り戻して、母親の面会にもだんだん行くようになってきた。

しかし、入所から約3年後に、母親にがんが見つかり入院となったのだ。たまたま、入院の前に別の用事で施設を訪れていた遠藤とすれ違い、母親から声をかけられて、いつものように部屋に呼ばれてお菓子を手渡されたのが、最後になった。

入院して一年半ほどで、新型コロナウイルス感染拡大の影響で面会が禁止になってしまったのだ。その間、A子さんも母親に会うことが出来なかった。

やっと会えたのは亡くなるひと月ほど前、もう治療法がないと、医師から死期が近いことを告げられた。すっかり痩せ細った母親と対面して、A子さんのショックは大きかったようだ。

家族四人の家族葬で、通夜と葬儀が僧侶の読経で執り行われた。享年83。遠藤もスタッフと共に葬儀を見守った。

A子さんは母の柩にすがりついて号泣していたという。家の墓にA子さんが納骨もして、すべて彼女自身で母親を丁寧に見送った。

5年の月日の間にゆっくりと母へのわだかまりを解かしていったのだろうか。A子さんの気持ちの変化に、救われる思いがした遠藤だった。

特養老人ホームにいる認知症の父親（85）は妻の死去を今も知らない。A子さんにはまだ、父のことが残っている。

A子さんの父親のように認知症の高齢夫婦の場合、互いに配偶者の死を知らずにいることは少なくないらしい。母親も特養にいる父親のことを気にかけることもなかったという。認知症はお互いの存在も忘れさせてしまうのだろうか？

「父のことのすべてを任せたい」という息子からのメール

NHKの「クローズアップ現代＋」を見て、LMNにメールで依頼をしてきた男性がいる。Bさん（43・男性）。番組をみて、「本当にすべてをしてもらえるのか？」という問い合わせだった。

母親は既に他界しており、75歳になる父親のことでの相談だった。

父親は一人で暮らしていたが、家の中で転倒し、大腿骨を骨折して入院。今はリハビリ病院で療養を続けているが、この先はもう一人暮らしは無理なので、その後のことをすべて任せたいという依頼だった。

リハビリ病院には3カ月しかいることは出来ない。その先の介護施設をLMNで探すことになった。

費用に関してはこだわらず、息子が全額負担するという。仕事で出張が多く、遠藤氏ともすべてメールと電話のやり取りだけ。まだ一度も会っていないので、この親子の関係については、何もわからないままだという。

仕事で多忙を極めているのは事実のようだが、今までにも実際に会わずに契約となったケースもあったという。こうしたケースは増えてきている。

もう一つの7040問題

遠藤氏は、引きこもりとは別の７０４０（ななまるよんまる）問題を感じているという。

今の80代以上の人は戦前の家父長制社会を良しとする教育を受けてきた世代である。親の面倒を見るのは子のつとめという考えが多くの50代の子たちにはあり、まだぎりぎり親の世話をしなくてはと思う世代だと感じているという。

体罰はしつけの一環だという親の主張を子も受容できる人が多い。

しかし、今の70代は「アンチ戦前」の社会で育った世代であり、40代の子の親に対する目線は確実に変わってきているのを感じているという。

「親を棄てたい」と相談に来るのは、ほとんどが40代の独身の人が多い。また体罰は親から受けた虐待であると受け止めている。

また遠藤氏はこの世代以後になると晩婚化や高齢出産の影響で、親子の年の差が離れてきていることを指摘している。

親が35歳で産んだ子であれば、子が40歳のときに、たとえば認知症が始まった75歳の親の介護が始まるということだ。

自身の子育てと仕事で忙しい時期と、親の介護が重なってしまうことになる。

超高齢社会のなかで、もうひとつの７０４０問題は引きこもり問題よりも、第三者からは見えづらく、もしかしたら同じくらい深刻な問題なのかもしれない。

子どもは親との関係に苦しんでいても、大抵の場合、親のほうは特に子どもとの関係に悩んでいないようだ。

毒親と言われる親も、自分が毒親とは思ってもいない。でも子どもの反発はわかっているような気がするという。

そうした親子に多く感じる共通点は、虐待まではいかないが、子育て放棄、ネグレクトだ。親もまた自分自身が親からネグレクトされて育っていて、その連鎖を感じることが多いという。この連鎖は他の取材先でもよく聞くことである。

「家族の死」を知らせないのは、何も認知症の老夫婦だけのことではない。今まで扱ったケースでも、絶縁しているきょうだいに親の死を一切知らせないことも現実にあったという。

また知らせたくても連絡先がわからない、知らせても返信がない場合もある。家族代行に依頼するには、それなりの深刻な事情がある家族なのだろう。

家族の抱える問題はまだまだ閉ざされたままだ。訪問介護ヘルパーの人から、同居の子による親への虐待行為があることを聞いた。

子に言わせれば、自分が受けてきたのと同じことを親にしているだけだと言う。親を一人残して出かけるときには、まるで猫にエサを与えるように、缶詰だけを置いていくらしい。

それも子ども時代に親にされたことだという。経済的な理由から介護施設に入所させられない。こうした同居は親も子も幸せにはしない。


家族に限らず人間関係の修復は互いが歩み寄らなければ、改善しないものである。反省も歩み寄りの姿勢もない親、あるいは認知症で自分がしたことをすっかり忘れている親もいることだろう。

そうした中で、一方的に子どもに親への責任を求められることに反発して、「親を捨てる」という言葉が吐かれるのだろう。

しかし、その言葉はまた子どもの心に罪悪感を生んでしまわないだろうか？　家族を守るために、自分で出来ないことを代行業者に依頼するのは、家族遺棄といえるのだろうか？

もし家族に代わってしてくれる存在がなかったとしたら、だれがその家族を救うのだろう？

介護殺人の悲劇を防ぐためにも、この問題から目を背けてはいけない気がする。


少子高齢化の影響で、きょうだいがすでに他界した、子どもがいないおじやおばについての相談も増えているという。

両親の後は、おじやおばの介護と看取りが待っているというのはよくある話である。家族だけで家族の役割を担うのは、もう難しい時代が来ているのかもしれない。多様性が尊重される時代、家族の看取りとおみおくりも新しい視点が求められている。

遺品整理で悩んだ場合には？

関係がこじれた家族の場合、見送った後の遺品整理も不安で気が重いもの。

虐待や性虐待を受けていたような相手や、長く絶縁していた家族の遺品整理に辛い感情をいだいても不思議ではない。

すべてを自分で担うのが大変だと思った場合には、遺品整理業者に依頼するのも、一つの方法だろう。

少子高齢化と核家族化が進む日本では、遺品整理の仕事は需要が増え、社会的にも必要な仕事となってきている。

遺品整理業者に依頼するのは、仕事の都合で実家から遠距離に住んでいる、仕事や子育てで時間が取れない、親が介護施設に入所するために空き家となる実家を生前整理したい人など、さまざまな事情を抱えた人たち。

たしかに遺品を仕分け、自治体のルールに基づいて分別して処分やリサイクルに出した上に、清掃も含めた片づけを家族がすべて担うのは大変な作業だ。

これまでは遺族の手で行うのが一般的であったが、時間的にも人手の面でも遺族だけでは支えきれない現状がある。

神奈川県川崎市にある遺品整理専門会社、株式会社ワンズライフで代表取締役を務める上野《うわの》貴子《たかこ》氏に話を聞いた。

「私は遺品整理を、『弔いの最後の最後』の仕事だと思っています。単なる片づけと処分ではなくて。遺品を整理することによって、ご遺族が故人の死を受け入れて、気持ちも整理できるように。ご遺族の気持ちに寄り添う仕事だと思って、お手伝いをさせていただいています」

と遺品整理業者の矜持《きょうじ》を語った。

依頼者から家庭の事情をあえて聞くことはしないが、事情を話してもらえれば、遺族の希望に合わせた対応をしていくという。

たとえば、長年絶縁していて音信不通の父親の訃報を受け取った女性の例では、父親の部屋に入ることを拒まれたので、近くの喫茶店で待機してもらい、社員だけで入室して見積もりを出し、打ち合わせをしたという。

孤独死や自死のケースでも同じような希望はあるという。

「お客様がどんな葛藤を抱えていても、私たちはしっかりお手伝いをさせていただきますから。何を話していただいても、大丈夫ですよ！」

と上野氏は語る。

気になる遺品整理のお値段だが、総務省の遺品整理サービスを行う業者の75例の見積額（2020年3月）によれば、遺品整理一件あたりの相場は20万〜40万円の取引が多い。

また独立行政法人・国民生活センターのリポートでも、遺品整理サービスの契約金額（契約購入金額）の平均は42万円、実際に払った金額（既支払額）の平均は約30万円と大幅なずれはない。

ただし、引っ越しの場合と同様に、案件ごとに住環境（何階か）、面積、家財量や運搬する車両までの距離などに応じて、必要な料金が算出される。

問題な点は、遺族が重要書類や貴重品のありかを知らないことが多いことだという。故人が遺族に保管場所を伝えずに亡くなるケース、隠した本人さえも忘れてしまうことが多くあるというのだ。認知症の人の場合はさらに確認作業が大変になる。

同社でも実は遺品整理の9割くらいが探し物を含む依頼だという。

不動産の権利書などの置き場所がわからなくなったというケースはよく聞く話だ。大事な貴重品だからと隠した本人も忘れたままのことが多い。

たしかに、筆者の周りでも遺族では見つけられずに、遺品整理業者を頼んでやっと権利書が見つかり、忘れられたタンス預金も出てきたという話を聞いたばかり。

さすがプロだと遺族は感心していた。

しかし、悪徳な遺品整理業者によるトラブルも多く発生しているので、業者の選択には注意してほしい。

主なトラブルは、①窃盗行為（現金・貴金属）、②料金の追加引き上げ、③不法投棄など。国民生活センターの調査によると、遺族の立ち会いを拒否する悪質な業者もいるという。料金の釣り上げは、「廃棄量が多い」「想定外の仕事が増えた」などの理由をつけてくるらしい。トラブルを避けるためには信頼できる業者選びが課題だといえよう。

では、「安心できる業者の判断基準」とは何か？

①　担当者が最初から最後まで同じ
②　リサイクルに企業努力をしているか
③　搬出物を適正に取り扱う業者か
④　見積書に作業項目や詳細があるか
⑤　作業時間が短すぎ or 長すぎないか
⑥　料金が安すぎないか
⑦　担当者の言葉づかいや心くばりが丁寧か

（出典：株式会社ワンズライフ）

悩める家族の遺品整理を依頼する人への心構えを、上野氏に訪ねると、

「親の物は子が片づけるべきという既成概念に縛られずに、『どこまで自分が関われるのか？』という意思を決めておくとよいかもしれませんね。どう決断をしてもいい。間違いはありません。正解は自分の中にあると思います」

という言葉が返ってきた。

遺品整理だけでなく、看取りでも葬送でも同じことがいえるのかもしれない。

「それには、子世代の人がエンディングノートを書いて、自分自身の終活を考えてみるといいと思います。人が死ぬということはどういうことなのか？　人にどういうふうにお世話になるのか？　誰に何をしてほしいのか？　きっと何かが見えてくると思いますよ」

上野氏は終活カウンセラーの資格も持つ。

上野氏自身もこの会社を立ち上げた時に、自分の母親の遺品整理を頼むならどんなサービスを求めるのかを考えてみたという。

「人は生まれる時も死ぬ時も、いろいろな方たちの助けを借りて生まれて死んでいくもの。人の手を借りることで、自分を責めないでほしいと思います。いろいろなライフスタイルを受容し合えて、選択肢が増える豊かな社会を目指したいですね」

身近な人には遠慮があって頼みづらいことも、業者は仕事としてサポートを引き受けてくれる。有り難い存在だ。

自己責任で人生を修める「生前契約」の活用法

生前契約のパイオニア的存在である「ＮＰＯりすシステム」を訪ねた。りすシステムのりす（Liss）は Living・support・service（生活支援サービス）の略称である。同法人の前身は１９９０年に設立された「もやいの会」。

「もやいの会」はお墓の維持に困っている人や、入るお墓がなくて悩んでいる人に「家族」「血縁」「宗教」「国籍」などの垣根を越え、自らの意思で「終《つい》のすみか」を決めておき、死後納骨できる合葬墓《がっそうぼ》「もやいの碑」を運営している団体である。

その合葬墓「もやいの碑」に入る墓友の集まり「もやいの会」の会員の要望から、「りすシステム」は１９９３年に日本で初めて生前契約を受託する法人として発足した。

２０００年には契約により行った仕事の確認とお金の支払い役として「ＮＰＯ日本生前契約等決済機構」を設立し、同年に「りすシステム」は生前契約の受託機関としてＮＰＯに組織変更をした。

以来〝「契約家族」契約〟の先駆けとして全国に支部を広げている。

気になる費用は、死後事務の基本料金が50万円。入院や施設入居の保証人など生前の事務は必要に応じて依頼する。

財産の管理や日常の話し相手、ペットの世話に墓参の代行、介護認定の立ち会い、医者選びの手伝いなどもメニューにある。申込金（5万円）に預託金、公正証書の作成費用などで、費用は100万円程度になるケースが多い。

「りすシステム」が目指すのは最後まで自分らしく生き、自己責任で死後の準備をする「21世紀型の社会保障システム」。「家族の役割引き受けます」「死後の支払い引き受けます」といった生活支援を提供している。

自立した生活を送っているときから、判断力が低下した時、そして死後にいたるまで、しっかり支援が続けられるように「契約」を結ぶことで、当法人が「契約家族」として「家族」の役割を担うというシステムだ。

契約の三本柱は「生前契約」「任意後見」「死後事務」である。

昨今、「自己責任」という言葉が乱用、誤用されている感があったが、「自己責任で死後の準備をする」という姿勢に潔さを感じ、共感を覚えた。

代表理事の杉山歩氏によると、契約者は独身、または子どもがいない夫婦が多いという。子どもがいて契約している人からは、子どもがいても海外など遠隔地に住んでいるために、もしもの時に間に合わない場合に備えて、一時的なつなぎの役割を求められることもある。

家族がいても頼りたくない、迷惑はかけたくないという人。生きている間は迷惑をかけないように、こちらでお世話になりたいが、死後のことは子どもに頼みたいという人が多い。

それを聞くと、もしかしたら子どもとは不仲なのかもしれないが、それほど深刻な断絶ではなく、子どもとの関係にまだ望みが見える人たちのような気がした。

だが、中にはやはり子どもと長年絶縁していて、子どもには遺産を一切遺したくないという人もいる。子どもから暴力を振るわれた、虐待されたことを理由に絶縁しているというケースもある。子どもの連絡先を知らないという人も。

親の世話をしない子どもに遺産を一切遺したくないと親が思っても、わが国の法律で子には遺留分の相続権は保障されているから、そうはいかないのである。いくら親子が不仲で、断絶していても、それだけでは相続不適切とは認められない。

そうした子どもと絶縁している契約者の生前から死後まで、同法人がすべてサポートすることになる。

その場合、契約者の希望により、同法人が遺言執行人として、契約者が亡くなった時は葬儀から納骨まで、さらに死後の諸手続き、自宅の片づけ、家の売却まですべて済ませてから、遺留分減殺請求について子どもと連絡を取り、子どもの意向を確認する。

そして要求があれば、遺留分を子どもの口座に振り込むようなこともあるという。

血を分けた親子がここまで揉めて、死後まで完全に断絶することに、殺伐としたものを感じるが、現実に起きている家族間の壮絶な争いを思うと、こうした機関の存在の必要性を改めて感じるのであった。

いろいろな家族を取材して感じるのは、親と子のうちの一人との関係がこじれた時に、親は子のきょうだいや親族を自分の味方につけて、その子どもを孤立させることが多いということだ。

このように法人の「契約家族」のサービスに頼らない家庭が必ずしも円満というわけではなく、一人の子と絶縁関係にあっても、他の子どもに頼り、死後の相続まで任せることで、外部にはその家族の亀裂が見えてこないだけなのかもしれない。

高齢化に伴い、親子で契約をする人も増えてきた。

70代の子と90代の親の場合、子が契約のキーパーソンとなって、もしも親より先立つことや、自分が認知症になったときの場合に備えて、契約を結んでおくという。

これはこれからの時代の切実な問題である。

80代の親と50代の子の親子関係と、70代の親と40代、30代の子の親子関係は大きく意識が違うことを、ここでも聞いた。

40代以下の世代では、親の介護をして看取る意識がかなり薄くなっている。世代間の意識の違いがまたこれからの家族の問題を変えていくだろう。

りすシステムで契約をすると、「私のおぼえがき」を作成し、公正証書による契約へと進む。「私のおぼえがき」を基に、契約者の希望に沿ったサポートがされる仕組みだ。

ペットの処遇やデジタル記録の消去、死後の形見分けまで、きめ細かいサポートは多岐にわたる。

同法人のホームページを見ていたら、「死後事務の内容」でライフスタイルや価値観に応じて自由に追加できるという「自由選択型死後事務」の欄に、「死後もお世話になった方へのお祝いや香典などの社会参加の代理・代行」とあったのが気になった。

これについて杉山氏に聞いてみると、

「ご自身が亡くなった後に、お孫さんにランドセルを贈る方がいらっしゃいました。残念だけど、自分はそれまで生きていられないからと。私どもで代行して、お孫さんの入学時に『おじい様から、これでランドセルを買ってくださいと、お渡しするように頼まれております』とお祝い金をお送りさせていただきました」

と語り、さらに続けた。

「他には、ご自身の三十三回忌までを頼まれた方もいらっしゃいましたね。この方はお子さんがいらっしゃらない方でしたが。もうすでに私どもで十三回忌のご供養をさせていただいております」

「子どもと絶縁している契約者さんで、このサービスを利用して、死後に子どもと和解につながるようなお手紙などを託された方はいらっしゃらないですか？」

と聞いてみると、

「それはないですね。でも、そういう使い方もあるんですね。ぜひ、このサービスを、そういうふうにお使いいただけると嬉しいです」

という答えが返ってきた。

絶縁している親で、子どもとの和解に歩み寄る努力をしている人の話をほとんど聞かない。最期まで子ども側が歩み寄るのを待っているようだ。

死後に、絶縁した娘宛てに長い手紙を遺した母親がいた。その手紙は彼女が娘から受けた傷がどれほど深いものであったかを訴える、恨みの手紙だった。

他のきょうだいに遺した手紙にはその娘にされたことが詳細に書き遺されていたが、娘に聞くとまったくのデタラメで、母親は死後まで自分を正当化するためにありもしないことを「呪いの手紙」に書き遺して、逝ったのだという。

その手紙の話が、心に突き刺さっていた。その母はなぜ、そこまでして死んだのだろう？その手紙が母という人の立場を良くすると思っていたのだろうか？

母親が我が子たちに遺した手紙が、きょうだい間の確執をさらに深めたのは言うまでもない。

生前に長く親と絶縁関係にある人が、親の死で、それまでの確執をすぐに水に流すのは難しい。もし死後すぐに手紙を渡しても、読まれずに破棄されてしまうかもしれない。

でも、死後5年後、あるいは10年後なら、年を重ねた子どもの気持ちにも変化が見られるのではないだろうか？

　こうしたサービスを利用して、生前に伝えられなかった親の思いを手紙に託すのも、これからの時代に希望をつなげるものだと思った。

　ただ、前述の母親の手紙のように、恨みつらみを死後に届く手紙に書いてあの世に旅立つのだけは自重したい。

　死後に遺された家族がさらに揉めるようなことは慎みたい。手紙というものは後々まで残る。たとえ破り捨てられても、読んだ人の心にいつまでも残るものだ。

　シニア世代は晩年をどう生きるかが試されている気がする。

　わかり合えなかった子どもを恨み、子孫を呪う先祖になるのか、今生の哀しみを自分の胸に秘めてあの世に逝き、子孫の幸せを祈る先祖になるのか？

　あなたはどちらを望むだろうか。

　「契約家族」という言葉に今までは正直なところ、なにか殺伐とした印象をぬぐえなかったが、契約者自身がこうした生前契約を上手く自分に合った活用をしていくことで、子どもに負担をかけずに、最期まで自分らしく、自己責任で人生を修め、あの世に逝くことが出来るのではないかと感じた。

　「契約家族」の契約が、子ども世代の負担を減らし、家族を分断するのではなく、家族を繋げるような役割を果たしてくれることを期待したい。

義父からの性的虐待に苦しんできたM子さんの場合

母親が再婚し、義父からの性的虐待に苦しんできたM子さんは、50代の独身女性。リストカットやうつ病に苦しみながら、母親と義父とも絶縁して距離をおくことで、やっと、自分の心身の健康を取り戻せたばかりである。

2歳の時に実父が40歳で、突然死で他界した。M子さんには父の記憶はまったくない。M子さんが小学生2年の頃に母が再婚をした。前妻と死別していたが、子どもはいない、大手企業に勤める男性との再婚は、周囲からも良縁と祝福される人生の再スタートだった。再婚と同時に母は主婦になり、義父をたてて家事に励んだ。M子さんも子どもながらに、母がいつも家にいる憧れの家庭生活に幸せを感じていた。

義父はM子さんを可愛がり、M子さんに勉強も教えてくれた。高学歴で、スポーツマンな義父は彼女にとって自慢の父親でもあったのだ。周囲から、二人は実の親子と思われていた。

同居した時から、義父は仕事から帰宅するとM子さんと一緒にお風呂に入り、その間に母が夕食の支度をした。特に疑問も持たずに、それが家族というものだと思っていた。

しかし、中学でそのことを話したら、友達に笑いものにされたことをきっかけに、義父との入浴を拒むようになった。母はそれを当たり前の成長だと理解したが、義父はまるで自分が拒絶されたと感じたようだ。

彼女が義父と距離を置こうとすればするほど、義父は彼女にまとわりついた。着替え中のM子さんを覗き、留守の間に彼女の部屋に入って、勝手に物色もしていて、自分のベッドに義父の匂いが残っていた。

ますますそんな義父を気味悪く思い、警戒するようになっていった。

そんな彼女を思春期の反抗期としてしか、まわりは認めてくれなかった。世間からみたら文句のつけどころがない優しい義父で、反発する彼女のほうに非があると誰もが思うのだった。

高3の時にM子さんにボーイフレンドができると、義父はあからさまに妨害をしてきた。だが、母でさえ、そんな義父を娘に彼ができたことを淋しがる、微笑ましい父親として人に話した。

そしてついに、母が親戚の法事に泊りがけで出かけたときに、義父は禁じられた行為に及んだのだ。酒に酔って帰宅した義父は、獣のように彼女に襲い掛かった。

「いいか、お前は俺のものだ。誰にもいうなよ。わかっているよな」

と義父は言って、部屋から出て行った。

彼女はその後、自分からボーイフレンドとは別れた。勉強も手につかず、成績は落ち込んだが、大学の付属高校だったため、なんとか内部推薦で大学に入ることができた。

思い悩んだ末に、母に義父のことを訴えたが、

「あなたが誘ったんでしょう。黙っていなさい。あなたの恥よ」

という、思いもしない言葉が母から返ってきた。母は義父とのことに気づいていたのだ……。

それから、何度か義父の行為を許したのは、もしかしたら、そうした母への復讐だったのかもしれない。彼女は悔恨で自分自身を責め続けてきた。


就職を機に家を出てから、親とは距離を置いたまま、ずっと会っていない。その後は交際した男性もいなかった。リストカットやうつ病に苦しみ続け、仕事も転職を繰り返してきた。義父が長患いの後で亡くなったと聞いても、葬式にも行かずに無視を貫いた。それから、やっと何とか立ち直れてきたばかりなのである。

しかし、義父が他界すると一人暮らしになった母は急になれなれしく、M子さんを頼るようになったのだ。

だが、母を許せずに絶縁を続けている。電話にも出ず、メールに返信もしない。

80歳の母にとって、身内は自分しかいないから、いずれは母親を看取り、送らなくてはいけないと思えば思うほど、苦しくなるのだ。その日が来るのが恐ろしいのだという。

「経験していない人にはわかるわけありません。やっと、母の顔を思い出さなくなったのに。死に顔を見たら、また自分が壊れてしまいそうで……。そうなっても、支えてくれる家族は私にはいませんから」

とM子さんは声をしぼりだすように語った。

彼女は今でもフラッシュバックに悩まされているという。

母親の死に顔も見たくもない、このまま縁を断ちたいと言いながら、母を看取る責任を感じて苦しむ理由は何なのだろう？　彼女を救えるのは母の謝罪なのか？　それとも娘を見捨てた母の末路を見定めたい思いからなのか？

M子さんは来るべき別れの日に、どう対峙するべきか一人で悩んでいる。

絶縁家族のお葬式はどうすればよい？

絶縁している家族のお葬式は悩みのタネで、覚悟がいることでもある。

親やきょうだいが亡くなっても、連絡が来ないことも有り得る。また連絡が来ても、葬儀には行かないと心に決めている人もいることだろう。

親と絶縁しているきょうだいに知らせるべきか否かと、悩んでいる人もいるかもしれない。

また、家族の連絡先もわからない人もいる。

ここでは、そうした悩みを抱えた人に、いくつかの提案をしたい。

まず、自分の死後を我が子にも知らせないように遺言に遺して逝く親や、他の家族の判断で連絡がもらえないなど、最後まで残念な家族の関係もあるが、何があっても動じずに対峙し、自分を責めずに乗り越えてほしい。

きっと、あなたの心を癒し、解かしてくれるものがいつか家族以外に見つかると思う。


信田さよ子氏が著書『家族と国家は共謀する』の中で、「（葬送の）儀式とは参列者の内面の自由を保障する形に満ちている」と、とても核心を突いた意見を述べている。

たしかに葬送儀礼を守ることで、私たちは安全に心の自由を獲得してきた。葬儀に出る人がみな、その人の死を悼んでいるとは限らない。

でも儀式を通して、気持ちが整理される体験を多くの人がしてきたと思う。

とりあえず葬儀には参列し、慣習や儀式に従っておいて、気持ちは後でゆっくり時間をかけて整理していくことが出来るのであれば、それもよいのかもしれない。

ひとり静かに心の中で、本心と向き合う自由を得て、時間をかけて折り合いをつけられたら、たとえ過去を許せなくても、自分自身が楽になれるのではないだろうか。

だが、そう簡単にはいかないのが絶縁家族でもある。長い断絶を経ての再会が、平和なもので終わるとは想像しがたい。亀裂がさらにこじれて、傷を深める覚悟も必要かもしれない。

他の遺族や親族からの批判も承知の上で、自分自身を守るために、葬儀に参列をしない人もいる。

世間は「あとで後悔しないように」「最期くらい」と非難するだろうが、自分がよく考えた上での決断であれば、周囲の批判に揺れて後悔に変えないでほしいと思う。

親の葬儀には出なかったという人にも、葬儀には出たくないという人にも会った。どうしても、自分を苦しめてきた親の死に顔を見られない、骨も拾えないという。

日本ではどんなことがあっても、「親のおみおくり」は「子どものつとめ」という世間の常識は盤石である。

だが、問題なのはその親子の関係性であって、子ども本人ではないということを理解してほしい。無法地帯の家族間で起きている悲劇は想像を絶するものがある。

第三者は当事者の傷の深さを理解できずに、自分の尺度で助言をしてくれているのだろう。しかし、深い傷を受けながら育った人が、それによってさらに傷つき、立ち上がれなくなるのならば、それが正しいことだと言えるのだろうか？　美徳と言えるのだろうか？

人はどうしても出来ないというものを拒むことで、失いたくないものを壊さないように必死で守ることがあるように感じる。

そこまで苦しむ人がいたら、誰かが「しなくても大丈夫」と言ってあげることが必要ではないだろうか。世間のいう正義がさらに追い詰め、家族の悲劇を生んでいることもある。

しかし、葬儀に行くか、行かないかを悩めるのは、喪主として葬儀を執り行う他の遺族がいる場合である。自分一人で、葬儀、火葬、納骨まで喪主としてしなくてはならない場合にはどうしたらいいのかを、考えてみたい。

長年、絶縁関係にあれば、故人の暮らしぶり、経済状況もわからないままでのこととなる。孤独死の状態で発見される場合も少なくない。

近年、病院や施設、または警察が遺族に死亡の連絡をしても、遺体の引き取りを拒否されるケースが急増しているという。「関わりたくない」「縁は切れている」「長年会っていない」といったことが、その理由である。

遺族に引き取りを拒否された遺体はどうなるのか？　病院や警察は関係する親族をたどり、わかる限り連絡を試みて引き取ってくれる人を探す。

見つからない場合は、市町村が引き取ったうえで、とりあえず火葬をして、再び親族に遺骨の引き取りを要請する。

それでも引き取りを承諾する親族がいない場合は＊「行旅死亡人《こうりょしぼうにん》」として、しばらく市町村で保管されたのちに、無縁仏として合祀墓に埋葬されることになる。

（＊行旅死亡人：身元が判別せず、引き取り手がない死者のこと）

今、日本で行旅死亡人として葬られる人の大半が、身元が判明していて、親族もいる人なのだ。各市町村の職員が引き取り手を探すために奔走し、すべて税金で賄われている。

入院や施設入所の際の身元保証人になっている場合でなければ、たとえ家族であっても法的に遺体や遺骨の引き取りが義務付けられているわけではない。

あくまでも道義的なものではあるにせよ、親族全般に遺体や遺骨の引き取りを拒んだということが伝わるなかで、拒否を続けるのは、精神的に大変なことだろう。

引き取りを拒否する理由は、感情的なことも大きいと思うが、もしも、故人が負債を抱えていたら、その返済義務を負わされることへの不安からではないかと思う。

しかし、遺体や遺骨を引き取っても、相続放棄は出来ることを、きちんと伝えておきたい。遺体や遺骨の引き取りと相続とはリンクしないのである。

ただ、故人が生活保護を受給している場合は葬祭扶助で直葬の費用はかからないが、故人が葬儀を賄えるだけの預貯金を遺している場合と、遺族が葬儀費用を賄えるだけの収入や資産を持っている場合は、扶助を受けられない。

葬祭扶助費はだいたい20万円前後で、故人を棺に納めて火葬するだけで、僧侶などをつけることは認められていない。

孤独死の場合、大家から遺族に家賃の未払いや、特殊清掃費などの原状回復費を請求されることがあるが、相続放棄をすることで、一応法律上は支払いの義務はなくなる。

しかし、相続放棄で気をつけなくてはいけないのが、遺品整理である。

故人の預金から未払い金を払うことや、車の処分をしてしまうと、相続を承認したとみなされてしまうことがある。但し、孤独死の場合の特殊清掃などは、衛生上の必要性から急ぐことが認められているようだ。

また、相続放棄をしても、保険金は受け取れるものと、受け取れないものがあるので、確認したほうがよいだろう。

受け取った保険金には非課税枠が適用されないなど注意が必要である。

故人に預金や不動産などの資産がある場合の葬儀費用の支払いであるが、一般的に遺族が死亡届を提出するまでは銀行口座は凍結されないが、故人の預金を引き下ろせずに、喪主が立て替える場合が多い。その後の相続手続きでのトラブルを防ぐための注意も必要だ。

葬儀社への支払いは、主に現金と振り込みが多く、当日に現金払いの会社もあれば、1週間から10日の間の一括払いが多い。クレジットカード決済に対応していない葬儀社も少なくない。また、それには審査も必要とされる。

ごく簡素なお葬式でも最低約30万円ぐらいは想定しておいたほうがよさそうだ。ネットでは、もっと安価な広告もされているが、火葬場の予約で待つことになれば、安置の費用やドライアイス代なども加算され、実際には想定外の費用が必要になる場合も多い。

規模ややり方次第ではあるが、一般的な葬儀であれば、２００万円以上は必要となってくる。主な葬儀費用は相続財産から控除することができる。この点も確認が必要である。

取材を通して、どうしても、自分を苦しめてきた家族の死に顔を見られない、骨を拾うこともできないと悩む人が少なくないことがわかった。きっと遺体や遺骨の引き取りを拒否する気持ちの奥底では、このような感情が渦巻いているのかもしれない。

故人の顔も見ないで済む、骨も拾わなくて済むようなお葬式はできないものかと、葬儀社に聞いてみると、どちらも特別なプランは必要でもなく、可能ということだった。

たしかにレアなケースには違いないが、故人にどうしても触れられない、死に顔を見ることも、骨を拾うことも拒否する人は実際にいるという。

故人の顔を見たくないならば、柩を開けないままでのお別れを希望すればよいとのこと。火葬場の人に収骨を頼むこともできるそうだ。遺族は控室や火葬場の外で待機すればよい。

火葬場での骨上《こつあ》げには故人の魂が三途の川を無事に渡り、あの世へ渡れるように「橋渡し」をする意味が込められている。「骨上げ」とは火葬後の焼骨を拾う「拾骨《しゅうこつ》」のこと。拾骨を遺族や親族で行うことは、日本では長く続けられてきた葬送文化である。

ご遺体のときは故人の死を受け入れられなかった遺族が、骨を拾うことで死を受容でき、気持ちを切り替えられるのだという話をよく聞く。

もしもあなたに拒む気持ちがないのであれば、家族として拾骨をしてあげてはどうだろう。身内が骨を拾うというのは、命の終わりを見届ける家族の優しさなのだと思う。

でも、どうしても出来ないと思う人は、勇気を出して「しない選択」をしても構わないのではないだろうか。きっと自分自身を守るために必要な判断なのかもしれない。

筆者自身のことになるが、父が急逝した時、父の死を悲しみ、寝ずにお香番もしたが、どうしても父に触れることは出来なかった。

納棺の際、遺族も旅支度を手伝うように促されたが、私は誰にも気づかれないように足袋のつま先だけを持ち、父の身体には決して触れなかった。また火葬に立ち会いながら、その記憶が一切ないのだ。

私がこんな気持ちでいたことを、そばにいた家族ですら誰も知らないだろう。

あの日、父のそばに佇みながら、一切触れずに火葬場での記憶を消すことで、私は自分を支えることができたのだと確かに思う。それは怒りでも憎しみからでもなく、壊れた家族関係を修復しようともせずに、父が旅立ったことへの哀しみだったように思う。

日本ではとても大事に考えられている遺族の手による拾骨であるが、世界にはその土地の文化や宗教観に合った様々な葬送文化がある。

海外の火葬場では、遺族は火葬後には立ち会わず、遺灰は後日、遺族に届けられるところが多い。土葬中心だった国などでは、炉前で最期の別れをせずに帰る人も多いと聞く。また遺灰を引き取らない人も珍しくはない。宗教観や死生観は人それぞれなのだろう。

だから、もし拾骨に立ち会わないと決めて、火葬場でお願いするなら、自分の決断に罪悪感を抱かないでほしい。過剰な罪悪感は自分を苦しめて、正しい決断を後悔にさせてしまう。

決して日本人が大切にしてきた葬送文化を否定して、変えようと考えているわけではないが、すべての人に同じことを求めるのも豊かな文化とは言えないのではないだろうか？

遺骨を自宅に持ち帰ることに強い抵抗がある人は、遺骨預かりのサービスもあり、受け取りに来てもらうこともできるようだ。

遺骨を持ち帰らない「ゼロ葬」という選択もあるが、全国の火葬場で可能とはいえない。遺骨の引き取りを義務付けている火葬場も多く、地域性の違いもあるようだ。遺族の選択というよりも、故人の死生観や葬送に対する考えを尊重してゼロ葬を選ぶ人が多い。

問題を抱えた家族の場合、一般の儀式的な葬儀に抵抗を感じる人が少なくない。故人の人生が美化され、遺族がもがいてきた苦しみがなかったことにされる気持ちになるからだという。

しかし、取材してみると、葬儀社の方では何か察することがあっても、家庭内の事情に立ち入ることを遠慮しているのだという。事情も知らないままに、

「ご遺族の方にもご一緒に旅支度のお手伝いをお願いいたします」

「これが最後となります。お顔を拝んで、お別れをして差し上げてください」

などと、基本的に関係が良いものとして、善意で遺族に語りかけることになる。

葬儀社としては、家族の死に直面して悲嘆にくれている遺族によかれと思って声かけをしているのだ。葬祭業者が亡くなった人の尊厳を大切にすることは、遺族への敬意だと考えるのは当然のことである。

あなたのほうから、勇気を出して、家族間の関係を葬儀社に伝えて、相談をしてみてはどうだろう。わがままな注文ではなく、家族が抱えている事情を話せば、理解して歩み寄ってくれる葬儀社と出会えるように思う。依頼する側にも、理解してもらうための努力が必要だ。

複雑な家族関係で懸念されるのは、葬儀の場でのトラブルだ。控室での家庭争議や、火葬場でも相続をめぐる遺骨の取り合いで喧嘩沙汰になることは珍しくないらしい。

どんなに大変な故人であっても、困った家族のおみおくりにはならないようにしたいものである。そして仕事として手伝ってくれる方へのリスペクトと感謝も大切にしたいもの。

葬斎場での面白い話を聞いた。ある葬斎場で、ヤクザの組長の葬儀があった。友引の日に警官が待機して警戒し、緊張の中で行われた。

もちろん会葬者はコワモテの組員と関係者。何事もなく無事に終了し、閉式の後、なんと組員さんたちは自ら椅子を片付け、きれいに掃除までして帰ったそうである。ちょっと、あっぱれな話である。

絶縁家族のお墓のはなし

絶縁家族のお墓も故人の遺志が不明のまま、費用負担の問題もあり、悩むことだろう。

埋葬先がすぐに決められない場合は遺骨の一時預かりもある。公営の霊園だと年間3千円から、毎年更新が必要で最長5年まで。民間霊園だと年間1万〜3万円ぐらいから。

だが、施設ごとに細かく条件が違うので確認が必要だ。気持ちの整理をしてから、落ち着いて埋葬することが可能になり、自宅には遺骨を置いておけない場合にも助かる。

お墓の用意がない場合は、亡き本人の希望と、費用のことや今後のことをふまえて、埋葬先を選ぶことになるだろう。

埋葬方法、埋葬先など選択肢は幅広くあるが、一番費用の負担の少ないものでは永代供養の合祀墓で、３万円ほどでゆうパックで遺骨を送れるところもある。

海洋散骨も代行散骨で5万円前後から、合同乗船やチャーターなどもある。安価で引き受ける業者もいるようだが、よく調べて信頼できる業者を選んでほしい。

家の墓に埋葬する場合にも、辛い関係の故人の場合、よく今後のことも併せて考えておくとよいだろう。

絶縁していた父親をその家代々の墓に埋葬したものの、その後に家族の誰もが同じ墓に眠ることを拒んで、墓を承継しようとする者がいなかった。七回忌を待って墓じまいをして、すべての遺骨を合祀したという話を聞いた。先祖の墓を失った親族からは非難を受けたという。

こうした理由の墓じまいを非難する声もあると思うが、過去の辛い家族の歴史を消すことで、新たなスタートを望んだのかもしれない。

納骨堂や樹木葬では生前契約を結んでいても、遺族の同意が得られずに、契約者が亡くなっても遺骨が届かないことが少なくないという。

日本では故人の遺言よりも遺族の考えが優先されるらしい。アメリカでは反対に故人の遺志が１００パーセント優先され、ヨーロッパでは故人と遺族の考えが半々に反映されるという。

マザー・テレサはケアする相手の宗教を尊重する姿勢を貫き、亡くなった者に対しては、その者の信仰する宗教の儀礼で看取った。ヒンズー教徒にはガンジス川の水を含ませてやり、イスラム教徒に対してはクルアーン（イスラム教の聖典）を読んで聞かせて……。

自分を苦しめ続けた家族と死後に至るまで縁を断ちたいと願って、遺骨も引き取らない人が増えているという。家族に法的な義務はないが、そのために多くの税金が使われている。税金は払うのが義務だけではない。税金を家族感情で使わないことも考えたい問題だ。遺族がすべてを抱えなくても、人の手を借りながら、できることをしていく弔いがあってもいいと思う。

未曽有の被害をもたらした東日本大震災での行方不明者は、10年経った今でも2500人を超えるという。人はいつ、どのように死を迎えるかはわからず、必ず誰かのお世話になる。どんな相手でも、「命の尊さ」を大事に考える弔いをしていきたい。

大変な家族の葬送はその関係に終止符をうち、これからの人生を歩むためのものであってほしい。

第5章　「弔う」ことの意味を求めて

家族って何だろう？

「一体家族って何なんだろう？」とずっと、ずっと考えてきた。

自分で子どもを産むまでは、「親」というものを深く考えもせずに、無条件にただ受け入れてきた。それが子育てをしながら、子どもが成人した今もなお、「親という存在」、「親の役割」を考え続けている。

しかし、親が高齢になると、社会は子どもにばかり「子としての責任」を求めるのはなぜなのだろう？

還暦を迎えた私は、親としての責任から放たれ、高齢の親に対する「子としての責任」ばかりが求められるようになった。

そのうちにもう十年もすれば、私に親としての責任を求められることは一切なくなるのかと、なにか腑に落ちないものを感じている。「子を育てる」だけが親の責任なのだろうか？

子育て中はただ必死で、間違いだらけの子育てをしていたかもしれない。今は、そんな家族の関係を見直していくのに、いい時期だなと考えている。

平均寿命が九十歳に近づきつつあり、百歳までの長寿も珍しくない時代に、シニア世代が社会のためにも家族のためにも出来るのは、自己の人生の責任は極力自分で背負い、それを子世代に負わせないことではないだろうか？

「親なのだから」という言葉は子ではなく、老いてもなお、親に対して求める言葉であってほしい。


東日本大震災から、「絆」という言葉があちこちで使われて、「家族の絆」の強さを強調する話が氾濫《はんらん》していることに、正直なところ違和感を抱いている。

それならなぜ、家族内での凄惨な殺人事件がこんなにも多く起きるのだろう？　家族ほど難しく、危険なものはないというのも事実ではないだろうか？

私には「絆」とは日々欠かさない、お互いの努力によって培われるもののように感じる。

たとえば、長年連れ添った夫婦が、幾度かあったであろう離婚の危機を乗り越えたときに、また反抗期の子どもと真剣に闘って、親の思いが子どもの心に届いたときに生まれた共感や信頼が積み重なって、「家族の絆」が築かれるように思うのだ。

だから、それが逆に誤解や信頼を失うようなことが続けば、「家族の絆」も剥がれるように脆弱《ぜいじゃく》になっていく。それが家族というものの姿なのではないだろうか？

崩壊してしまってから、家族を修復することは難しい。

「家族の力」、「家族愛」というものを過信することが、家族を崩壊に向かわしてはいないだろうか？

血を分けた家族が憎み合い、傷つけ合うことほど悲しいものはない。また親が子どもを不幸に導き、きょうだいを断絶させる悲劇は、古今東西続いてきた人間の普遍的なテーマでもある。それを乗り越え、防ぐためには、どうすればよいのか？　人生の時間がある限り、向き合っていきたいと考えている。

これからの「家族の在り方」、いつか「訪れる家族との永別」について考えてみたい。

私の家族の三十年戦争

「はじめに」で筆者自身の絶縁家族の問題について少し触れたが、改めて私の家族に起きたことを詳しく述べたい。

家族の綻《ほころ》びはまさかのことで始まり、あっという間に家族を崩壊していく。母の攻撃は突然、私が第一子を産む臨月に始まった。

兄には授からない子を私が産むことが家族の憎悪を買ってしまったのだ。兄は35歳、私は31歳の時のことだった。両親が長男である兄の子を切望しているのは知っていたが、私は私、兄には兄の人生がある。

こうしたきょうだい間の違いはどこの家庭でもありそうなことだが、両親と兄は私に突然、憎悪を向けてきたのだった。

母親にとって娘の出産ほど幸せなものはないというのは本当だと、娘を持って実感するが、私の母は違った。

臨月に入って、胎児との対面を待ち望む私の幸せそうな姿が母の憎悪に火をつけてしまったのだった。出産予定日には、母から「死産を予言する」呪いの手紙が届けられた。

私は2歳違いで三人の子どもを産んでいるが、出産予定日に母から「死産予言」の呪いの手紙をもらわずに産めたのは次男だけである。なぜなら、両親に隠れて産み、誕生も知らせなかったからだ。同じ町に住みながら、身を守るために必死で隠し通した。

内孫を望む両親は外孫の誕生を憎んだのだ。世間はまさか、孫を産んだがために我が子と絶縁する親がいるなんて、想像もしないだろう。

長男を無事に産むと、親から家への出入りを禁じられ、絶縁を言い渡されたのである。

「なぜ、お前はこの家の跡取りになりたがる？　この家の跡取りは○○（兄の名）だ！」

これが、長男が誕生したとき、私が親に言われた言葉だった。私は嫁いだ夫の姓を名乗っていて、兄も私も家業を継いでいないのにもかかわらず。

狂気の乱に、まともな理由なんていらない。ただ剝《む》き出しの感情をぶつけてくる、私の両親だった。母の毒に染まっていくかのように、父も兄も母に従い、私を孤立させることに異議を唱える者は、誰一人いなかった。

優しかった兄はすっかり別人になってしまった。世間からの不妊に対する心ない言葉や親からの重圧に傷ついたのだろうか？　子どもがいたら、きっと子煩悩な父親になったであろう兄が、すっかり子ども嫌いになり、子持ちの夫婦にも冷淡になった。

そんな兄を見て親は嘆き、不憫《ふびん》に思えば、すべて私への攻撃につながった。

しかし、社会が伝える不妊問題にはこうした話は聞こえてこない。


家庭ほど無法地帯なものはない。母からの嫌がらせはそれだけでは終わらなかった。

親子が縁を切るのはいかに難しいことか……。

親からの希望で絶縁中に父が急逝し、父の葬儀をきっかけに母や兄と復縁。

母は何もなかったかのごとく、毎日孫に会いに来ては、私の家に入り浸った。父と反目のまま永別したので、母とは時間をかけて修復する覚悟でいたが、それを再び覆したのも、私の第三子の懐妊だった。

「母と娘」をやり直すために、女の子が欲しいという私の願いが叶ったのだ。

しかし、兄と母がこんなに苦しんでいるのに、三人も産む私の気が知れないと平気で言う母だったのである。母は私が子どもを産むから、兄に子が授からないと思っているようだった。

それでも母は毎日、孫に会いに我が家に来るのをやめなかった。

そして臨月に入ると、再び狂気の攻撃が始まったのだ。


私が結婚前に住んでいた実家の離れをトランクルーム代わりに使えばいいと言われ、不要の物を運び入れたとたんに、今度はその離れに私が婚前から残してきた荷物を含めすべてを出すように、母は臨月の娘に命じたのだ。

実家は長男である兄のものだからという理由だ。そんな母に兄も加担した。もう、さすがに夫には言えず、一戸建ての引っ越し相当の荷物を家具に至るまで、一人で運び捨てた。私の過去をすべて捨てて、完全に母と兄とも縁を切るつもりだった。

三人目の妊娠は進みが早く、いつ出産が始まってもおかしくない状態だと、産科医からは注意を受けていた。

二階から大型のスーツケースを降ろそうとして、突き出たお腹と階段に挟まり、そのまま一気に落ちそうになった。危機一髪だった。

「気を付けなさいよ、流産したら大変よ」

と母が薄笑いを浮かべて見ていた。

私の流産、それが母の狙いだったのだ。母という人は自分で手を汚さずに、こうして人を陥れる人だった。母はまともではなかった。

一般に犯罪と認められた虐待死は氷山の一角にすぎない。もしも、私が流産をしても、私の不注意の事故で処理され、母が罪に問われることはないのだ。

10日ほどかけて荷物の運び出しを無事に終えた時、予定日が間近に迫っていた。

そして、出産予定日には、母からトドメのように「死産予言」の呪いの手紙が再び届いた。

もう涙は出なかった。

入院中に我が子に危害が及ぶことが心配で、警察に母からの手紙を見せて保護を求めた。しかし、ストーカーと同じで事件にならない限り、警察としては動けないと言われた。

それでも、その警察官が心配して福祉事務所に連絡を取ってくれたおかげで、入院中から産後しばらくは、シニア用送迎車で息子たちを保育園まで有料で送り迎えをしてもらうことになったのだ。

保育園とも、祖母が迎えにきても今後は絶対に子どもを渡さないように約束をしてもらった。孫にとっても危険極まりない祖母だったのである。

しかし、その後、無事に陣痛を迎えて入院したものの、胎児がお腹の中で回り方を間違えて、産道で引っかかって出てこられなくなった。

母の命令に従った自分の愚かさを後悔して、私は泣き続けた。

医師には翌朝まで様子を見ようと言われたが、産道でつかえて出られなくなっている娘をそのままにはしておけなかった。

私は母の呪いと対決するつもりで、窓の外の月に訴える気持ちで、世界の神々に祈りではなく、怒りを全身全霊でぶつけたのだ。

目の奥で火花が散った気がした。腰が砕けるような激痛が走り、身体中の血管が裂けるかと思った。

すると不思議なことに、5分もしないで女の赤ちゃんが無事に産まれてきた。向きを変えずに勢いに任せて産まれてきた娘は無事だったが、私のほうは出血が止まらず大変だった。

しかし人生でこの時ほど、救われたと思ったことはない。神様はいたのだ。娘を無事授かることができて、命の大切さを思い知った。いつの時代でも出産は母子ともに命がけである。

母や兄の命令など無視して、お腹の赤ちゃんを第一に守るべきだった。私も母親失格だった。今でも、身重の身体で母と闘ったことは、私の人生最大の過ちだったと後悔している。一歩間違えば母の願い通りに、取り返しのつかないことになっていたかもしれない。

まだまだ闘いは終わらなかった。

再び絶縁して3年後、兄が海外赴任中に母が手術を受け、再び母と復縁。子どもたちは7歳、5歳、３歳になっていた。

母はまたしても何もなかったかのように、三人の子の祖母として私の家に入り浸るようになった。親子の縁はなかなか切れるものではない。

母のストレスで私は声を失い、引っ越しを口実に母としばらく距離を置いていたが、ついに母との終わりの日が来た。

母は次男を特別に可愛がっていたが、なんと次男を勝手に自分の養子にして墓守をさせようとたくらんでいたことがわかったのである。

次男には生まれた時から自分の養子にもらう約束だと偽り、母は幼い孫まで傷つけていた。私がそれを知ったのは、何年も後になってからだった。次男はすでに思春期で、反抗期の嵐の真っただ中。

もう、私に迷いはなかった。母と永遠に絶縁しなければ、私の家庭が壊されてしまう。子育てができないと思った。今度こそ、母を許せなかった。

今までに送られてきた呪いの手紙や、嫌がらせのメールなどすべて証拠を保管してあり、母が死んだらすべてを兄や孫、親戚に公開すると手紙に書いて母と完全に絶縁した。

それは私が48歳で初めてした「親との対決」だった。それから12年になるが、一度も後悔をしたことはない。

しかしそれでも、もしも母に最期の日がきたら、連絡をもらえば会いに行くつもりでいた。私は娘として母を看取り、見送る覚悟でいたのだ。

今から三年前、大切な用があり思い切って母を訪ねた。仏壇に線香をあげさせてほしいと頼む娘を、家の敷地にも入れずに門前払いで報いた母だった

85歳の母は老いのすべてを私のせいにして恨みをぶつけた。私も膵臓《すいぞう》に嚢胞《のうほう》があり定期的にがんの検査をしていると伝えると、

「なら、あなたもすぐ死ぬね」

と、母は含み笑いを浮かべて、二度同じ言葉を繰り返した。

そして兄は家に隠れて、カーテンの奥から私と母を見ていた。

母はずっと私の死を願っていたのだ。娘に握られた証拠を恐れていたのだろう。実は私も心の底で、母の死で母から解放される日をずっと待っていた。

互いに死を願う母と娘。悲しいことに、こうした親子がこの世にはいる……。

もう二度と会うことも骨を拾う必要もないと思った。母を看取り送ることで娘のつとめを果

たそうとしていたのは、私の自己欺瞞《ぎまん》だったのだ。母がどんな末路を背負い、最期を迎えるのか、この目で見定めてやろうと思っていただけだった。

でもそんな気持ちを抱えているうちは、憎しみを手放せなかった。初めて、もう母とは一切関係のないまったく別の人生を生きようと決めた。

気づくまでにこんなにも長い年月がかかってしまった。あの時、母と絶縁をしなければ、私は自分の家族を守り、子どもたちを育てることはできなかっただろう。私自身が壊れていた。

57歳のこの日が、私の心の中で母が死んだ日となったのである。

家族とはまさに無法地帯だ。母を殺そうと思ったことは一度もないが、もう死んでほしいと思ったことは何度もあった……。家族内の殺人事件の報道を見るたびに、事件になった家族と我が家族の違いは何かと、心の中で問う日々だった。

何不自由なく豊かに育ち、私たち家族は世間からは問題のない平和な家庭に見えていたことだろう……。

こうした家族でどのように亡父の供養をしてきたかを、伝えておきたい。それが、私が葬送に関心をもったきっかけにもなった。

私の第三子の懐妊中に父の一周忌が故郷の菩提寺《ぼだいじ》で営なまれた。法要の席で、母と兄夫婦は私と私の家族とは目を合わせようともせず、一切口をきかずに、私たち家族の存在を無視した。

これが父の遺した家族であり、父の一周忌だったのだ。私が兄に会ったのはこの日が最後になった。

私は今でもあのような法要なら、する意味がないと思っている。


母との縁はなかなか切れず、母は孫に会いに毎日のように我が家に来ていた。

しかし、子連れの私の存在が兄を傷つけるという理由で、父の供養の場に私が同席することを母は禁じたのだ。母に呼ばれて実家にいても、兄から訪問の電話があると、冬の夜の風呂上がりであろうと子連れで追い返された。

幼い頃から兄とはとても仲がよかったが、父の死後、線香すら一緒にあげたことはない。それは母がさせたことだったのだ。

母はそんなことを我が子にさせて、自分が亡くなるときのことをどう考えていたのだろう？母が会わせようとしないので、私は兄と25年も会っていない。

それからずっと、一人で父の供養をしてきた。仏壇も位牌もない我が家で、お盆には子どもと野菜で精霊馬《しょうりょううま》を作り、迎え火をして、命日の供養もしてきた。

飛行機に乗って亡父のお墓参りも回忌法要もずっと一人でしてきたのだ。

私の墓参りは仏になった父との対話のためだった。

「なぜ助けてくれなかったの？　もう、あの人を止めさせて！　早く迎えに来てよ！」

しかし、そんな私の墓参りさえ母は、私に後ろめたいことがあるからだと、自分に都合よく利用したのだ。父が私を恨んで書き遺した遺言があると、母の気分で、いくらでも証拠は作られたのである。

今思うと、人間の「生と死」をいかに軽んじる家族だったのか、すべてが一本の糸でつながるように思える。生まれてくる血を分けた尊い小さな命に対して嫉妬と憎しみをぶつけ、夫であり父親の供養の場も家族を分断する機会に利用した母。そして従った兄だった。

また、それが家庭人としての父の生きざまと死にざまでもあったのである。

私にはどうすることもできなかった。

きっと母が亡くなっても、兄から私に連絡は来ないだろう。今となっては、それは私にとって救いかもしれない。３年前から私の中では、母はもう存在していない。

振り返ってみれば、何も問題がない家族が、いきなり孫の誕生をめぐって崩壊が始まったわけではなかった。家族とは内側から朽ちて、内壁がはがれるように腐乱していく。

家族の問題はずっと昔から根を張っていた。ただ目を瞑《つぶ》り見ないようにして、薄氷の平穏な暮らしを維持してきたのだと、今の私にはわかる。

自分が育った家族の崩壊を目の当たりにしながら、新しい命と新しい家族を築いてきた。家族というものの脆弱さと哀しさを身近に見つめても、やはり大切な家族でありたいと願い、子どもを育ててきた30年だった。

「親なのだから」という言葉は、子ではなく親に対して「親の責任」を問う言葉ではないだろうか？

30年の年月を越えて、世代は一巡して、子どもたちは当時の私の年に近づき、私はあの頃の母の歳になった。

親としての生き方を問われるのは、まだまだこれからだと思っている。

いつか訪れる母との別れを偽善でも復讐でもなく、自分の気持ちに誠実に向き合って、この家族戦争を終焉させたいと思っている。

母の葬式に行かなかったヘルマン・ヘッセ

『車輪の下』で知られる、ドイツのノーベル賞受賞作家、ヘルマン・ヘッセは鬱《うつ》と自殺願望に長く苦しんだことで知られているが、彼もまた母との関係に苦しんだ人だった。

宣教師の子に生まれたヘッセの母は、親から引き離され、過酷な子ども時代を送った人だった。宣教師だった最初の夫とは早くに死別し、二度目の結婚で生まれたのがヘッセだった。

二度目の夫も宣教師だった。信仰への奉仕と服従という点で、同じ考えを持つヘッセの両親。厳格で正しいことしか求めない両親は、癇癪《かんしゃく》持ちでイタズラや悪さを繰り返す問題児のヘッセに手を焼いて、教団の男子児童寮にヘッセを送りこんだ。

ヘッセは子ども心に、自分が悪い子だから家を出されたと、彼もまた母と同じように、親に見捨てられた絶望を味わったのである。

精神科医・岡田尊司《たかし》著『母という病』によれば、ヘッセの母は施設で孤独に育ち、その悲しさを知っていたはずだが、不思議なことに、自分がされた仕打ちを我が子にもした。人間というものは、自分が味わった思いを、いつの間にか正当化し、その仕打ちを行った親のほうに、知らず知らず自分を同一化してしまうものらしい。

ここになかなか止められない虐待連鎖の心理的な原因があるように思える。

成績優秀なヘッセに、難関の神学校に進んで牧師になることを望む両親。その期待に彼も応えようとした。否定され続けた親から認めてもらえることを望んだ彼は、見事試験に合格。しかし、進学して半年でドロップアウトする。14歳のヘッセは学校から姿を消し、警察に保護された。そしてピストル自殺を図ったのだった。その後、精神科医の診察により、牢獄のような知的障害の子どもの施設に入れられ、恐怖と絶望のどん底を味わった。

すべての問題が息子にあると疑わない母は、正しいことしか受け入れられない、自分の頑なさと潔癖さに原因があるとは、決して気づかなかった。

不安定な人ほど、自分の安定を図るために、ただひたすらに信仰や迷信に走りやすいという。

学業を途中で断念したヘッセは母から距離を置くことで、母の支配から脱しようと、家を出て書店員として働いた。

彼は毎日のように母に手紙を書いて送り、母の理解を求めた。母もそれに応えようとしたが、二人の母子が求めるものは違いすぎたのだ。

ヘッセが創作に希望を見出し、苦労の末に自費出版した処女詩集を母に送ったが、母はその詩の内容に激怒と拒否で報いた。

それでもヘッセは誰より母に認められたいという思いを抱き続けた。ヘッセは生涯、母親から認められることがなかったが、逆にそれが彼の成功の原動力となったのである。

その3年後の1902年、長患いの末に、母は60歳で死ぬ。25歳のヘッセは病床の母と直接会う機会はいくらでもあったが、頑なに見舞おうとはしなかった。

それは、彼の処女長編小説が間もなく出版されるという時期でもあった。

彼は自ら親の死に目に、あえて立ち会わないことを選択した。母が危篤状態に陥ったことを家族から手紙で知らされた際も、彼はその日のうちに行ける場所にいたにもかかわらず、臨終にも駆けつけなかった。

そして葬儀にも出席しなかったのである。

その理由を岡田尊司氏は著書『回避性愛着障害　絆が稀薄な人たち』の中で、次のように述べている。

「それでも見舞いにも行かなかったのは、自分がかろうじて守っている世界が、死にゆく母親の姿という生々しい現実に触れたり、臨終の母親から否定の言葉を投げつけられることによって、再びバランスを崩し、崩壊してしまうのではないかという危惧《きぐ》があったからである。それは、言い換えれば、再び自分がうつになり、乗り越えようとしている過去の傷や葛藤に再び呑みこまれてしまうのではないかという危惧でもあった」

母の死後、ヘッセは重しがとれたかのように、次々と作品を発表し、作家として大成していった。

岡田氏は次のようにも論じている。

「彼の作品は、まさにヘッセの苦しみと生き方が描かれていた。母の死によってさえも自分の領分が侵されないことを自ら示すことで、ヘッセは自分の文学を打ち立てることが出来たのだ」

しかし、その後作家として大成しても、うつと自殺願望に苦しんだ。亡くなった後も、母親は息子の心に居座り続け、彼を責め苛み、罰し続けたのだという。

母親という存在が子どもに与えてしまう怖さを、私も母としてわが身に重ねて考えるのだった。

いくら親子関係に問題があり、それによって人生が厳しいものになったにせよ、ヘルマン・ヘッセのように、親の死に目に立ち会わない、葬式に出ない決断をすることは相当の勇気を必要とする。

決心と同時に、湧き上がる罪悪感に苦しむことにもなる。

しかし、そうでもしないと自分を守れないと苦しい決断をした人が、それによって自分の人生を取り戻し、新たな人生を踏み出していることもあるのだ。

いつか迎える親の死にどう対峙するのか？

自分のために、自分の答えは自分で考えて決めるしかない。

あの世の親はどちらを望むだろう？　私なら我が子に自由を与えたい。

親の死で解放される子ども

臨床心理士の信田さよこ氏は親に苦しむクライアントが、対象となる親が亡くなると、長年の親との確執から解放されて、清々《すがすが》しく明るくなるのだと、いろいろな著書でも述べている。

そんなとき、信田氏はカウンセラーとして、「よかったですね」と言葉をかけるという。

他の誰も言ってくれない、そのひと言がクライアントの心を救うのだ。クライアントはカウンセリングをアジール（解放区）として求めて来ているから、クライアントが親の死を喜べば、カウンセラーもそれをともに喜ぶ。

不思議なことに、そうすることでクライアントに何かしらの変化が表れ、親の死に微妙な距離感を獲得し始めるのだという。

信田さよ子氏の著書『家族と国家は共謀する』から、父親を亡くした男性のエピソードをここで紹介したい。

彼（38）は信田氏のカウンセリングを定期的に受けてきたクライアントだ。二カ月ぶりにカウンセリングに訪れた彼は、今まで見せたことがない晴れやかな顔でやって来て、父親が亡くなったと言った。

それから三週間後に彼が信田氏に寄せた手紙には、彼が父を許すわけでもなく、父の死を悼むわけでもないが、そこにはたしかに父への祈りが満ちていた。

一人暮らしの父親が亡くなっているのを発見したのが彼だった。市役所の職員から第一発見者が家族でないと不審死になると言われて、彼は頑張ってマンションの扉を開けた。痩せた父が全裸で亡くなっていた。

以下同書より、手紙の一部をそのまま引用する。

「……（中略）……僕は、霊安室からいったん黙って立ち去ろうとしました。幼少期から僕と母への、さらには兄への怪物めいた数々の行為を思えば、遺体を見るだけでも、見てやっただけでもどれほどのことだろうか、と思っていたのですから。

しかし、階段を五段降りたところで僕は立ち止まり、再び戻って扉を開けました。そして父の遺体の枕元に置かれた線香立てに、マッチで火をつけた線香を三本だけ立てました。

その煙を吸い込みながら、思わずクリスチャンの僕は、手のひらをあわせた。『どうか天国に行かせてあげてください』とお祈りをしました。

それは、あの父のためだったのでしょうか。

ゆきずりの人であっても、見知らぬ人であったとしても、死にゆく人であれば僕は等しくそう祈るだろう、そんな祈りの言葉だったように思えるのです」


彼は、父とは財産目当てだけで離婚しなかった母とも相談せず、次男の彼が父の遺骨を引き取り、一人で業者に頼み湘南の海で散骨したという。

母に相談しても自分に押し付けられるだけだとわかっていた。長男である兄は霊安室を訪れることもしなかったという。


これを読んで、しばらく言葉がでなかった。何かここにすべてが集約されているような気がした。

「和解」とか「許す」とか、そうした言葉がいかに薄っぺらな偽善に包まれて、押し付けがましいものかと……。

きっと、確執に苦しんだ親を見送った人の中には、長年苦しみもがきながら、彼と同じような境地に至った人がいることだろう。

また、進むべき行く先もわからないままに、その道の途中で佇《たたず》んでいる人も、きっとこれを読んで、何かを遠くに感じたのではないだろうか？

そこまでたどり着くまでの長い長い、孤独な道のりを想う。

親や家族との関係に悩んできた私たちが求めているのは、世間が望む有り得ない解決でも復讐でもなく、こんな心境になれる家族戦争の終焉なのではないだろうか……。

弔いの場での家族の確執

人の命の灯火《ともしび》が消えるときに、なぜ家族でさえも、その「死」に向き合って弔うことができないのか？

それが残念ながら私が父を送ったときに感じたことだった。何か大事なものが、自分が育った生い立ちのなかで欠けているのを感じた。

しかし、取材をしていて、私だけでなく「弔いの場」がその家族の確執をさらに深めている場合が珍しくないことがわかった。

親の葬儀を家族から知らされなかった人もいた。親の葬儀を知らせても、来ないきょうだいもいた。きょうだいから一言の断りもなく親の墓を改葬してしまい、新しい埋葬先も知らされていないという話も耳にした。

身内の「葬送」の場が時には家族の確執をさらに深め、排斥の手段に利用されるのは、昔からあり、珍しくないことだと知った。

近年、家族だけで静かに見送りたいという希望が増え、家族葬が主流になってくると、世間や親族の目を気にすることもなく、それは、さらにあからさまに行われるようになっているようだ。

葬儀に呼ばれないきょうだいは、いなかった存在にされても、その家族以外は誰もそれを知りようがない。

「葬送の簡素化」「死者の尊厳の軽視」を嘆く意見を聞くたびに、その背景にある家族間の確執を心の中で想像した。たしかに「亡き人を弔う」という気持ちが、心の中心にあれば、前述のようなことは起きていないだろう。


親自身に欠けているものを、子どもに伝えていくことは難しい。反面教師となればいいが、こうした心の奥にあるものは反発されずに引き継がれてしまう怖さを感じている。

人との出会いで、信頼できる人は、なぜか皆「生と死」を大切に考えている人たちだった。宗教も関係なく、儀式を重んじるかも人それぞれ。

そうした表立ったことではなく、家族の死であるとか、親しい人の死であるとかにかかわらず、「人の命」を大切に考える人には安心できる深い人間性を感じた。

研究者でも葬送事業者でもない私が、「葬送文化」の世界に足を踏み入れたのは、「弔うこと」の意味を知りたかったからだ。「弔う」ことを考えるのは人間の根源的な問いでもある。

儀式としてのお葬式や法要をしても、かたちだけの虚礼になってしまうことがある。「とりあえずした」というような、虚しいものにしてしまっているのは、実は「家族」なのではないだろうか？

この家族には遺族も故人も含まれる。

よく「葬式を出すのは遺族の責任だ」という意見を聞く。たしかに亡くなった故人は、自分で棺に入ることも、墓に入ることもできない。だが「生きざまは死にざま」という言葉の通り、「弔い」は故人が遺していった家族の関係の表出なのだと思うことが多い。

故人は遺産だけではなく、人との関わりもそのまま遺して逝く。

型どおりの「葬儀」を営む控室で繰り広げられる「家庭争議」。なにもこの場でしなくてもと思うのだが。一応家族を揃えても、一言も口をきかない私の父のときのような沈黙の一周忌など、する意味を感じない法要もある。

年回忌法要を済ませたという人の中には、お寺や霊園にお布施を郵送して、供え花と読経をお願いしたことを意味する場合も少なくない。

遠方まで墓参りに行くのが大変だからという理由だけでもなさそうだ。そういう人たちはとくに家でも供養らしいことをしていないようだった。

家族葬の時代になって、法要はさらに小規模になり、形骸化していくのだろうか？

「弔う心」を持たない人が、先祖の祟《たた》りだけを怖れる不思議。似たようなことが弔いの場で、もっと多く行われているのかもしれない。

なぜ、人はその時だけでも気持ちに折り合いをつけて、亡き人を弔うことだけに、気持ちを向けられないのだろうか？

亡き人を美化する必要もないが、せめてその故人との関係を見つめ直す時間にしたいと思う。家族が心をともにして、故人の冥福を祈ることは、そんなにも難しいことなのだろうか？

孫が僧侶のお葬式ごっこ

父の葬儀の後、我が家では会うことのなかった祖父の「お葬式」を、孫がしばらく毎日のようにしていた。

当時3歳だった長男は、初めてのお葬式がよほど気に入ったらしく、保育園から帰ると、きまって祖父の写真と花を飾り、「お葬式ごっこ」を始めたのだ。

シーツをまとい、風呂敷の袈裟を肩で結ぶ。頭に枕カバーをかぶって、エコバッグを肩にさげれば、ちいさなお坊さんの出来上がり。1歳の次男は意味もわからず、導師に従う伴僧役をさせられた。

ボールが木魚代わりで、それを「まごの手」で叩きながら、ちいさなお坊さんが立派なお経を唱えた。まるでお寺で育った小僧のように、お経はホンモノそっくり。所作まで見事だった。

自分たちのおやつを祖父にお供えをして、教えていないのに手を合わせる二人の孫たち。亡き父には最高の供養になったことだろう。

この「葬式ごっこ」はしばらく我が家のブームで続いた。四十九日の法要でも、しっかり新ネタを仕入れていた息子だった。

しかし。父がその長男を抱いたのは一度きりだったのである。生まれたばかりの初孫を腕に抱きながら、

「なぜ、お前はこの家の跡取りになりたがる？　この家の跡取りは○○（兄の名）だ！」と嫁いだ娘に怒鳴った父だった。

そして家の墓守がいないと嘆いた両親の「狂気の乱」が始まったのだ。

無垢な幼い息子たちに救われた。我が家で毎日、父のお葬式を息子たちとしながら、私の心も癒やされていった。時は経ち、その長男も今は三十近い。

素敵なアフリカ人のお弔い

人生には不思議な出会いがあると思う。

友人のアフリカ人の夫の葬儀に参列したことが、私の大きな転機となった。亡くなったムクナ・チャカトゥンバさんはコンゴ民主共和国から来日したミュージシャン。

劇団四季「ライオンキング」で初代パーカッショニストを務め、来日して24年間、アフリカ音楽普及の旗手として後輩たちを支えてきた人だった。

彼の葬送を忘れることができない。

会場を埋め尽くし溢れる人種も国籍も違う人々。アフリカ諸国の大使やテレビで活躍する著名なアフリカ人も荘厳な民族衣装に身を包み、彼との別れを惜しんだ。

流暢な日本語とフランス語を話すコンゴ人神父による、古い友への想い溢れる哀悼の言葉。

そして仲間のミュージシャンによる最高のレクイエムの演奏で彼を見送ったのである。

死者を記憶にとどめ、死者と対話するアフリカ人の葬送。そこには私たちが忘れていた本来の葬送のかたちがあった。

それは日本に家族とともに根を張りながら、アフリカ人として生き抜いた彼の人生にふさわしい葬送だった。アフリカ人の誇りを感じ、言葉には出来ない感動を覚えたのである。

この時、東京の別の会場でもアフリカ人のソサエティーの集まりがあった。婦人たちはアフリカの手料理を持ち寄り、人々は夜を徹してアフリカン・ドラムを叩き、ムクナさんを偲んでいた。

そして故国のコンゴでも太鼓を夜通し叩いて、彼の死を悼み、天に召される彼を祝福したという。

ネット社会の今日に、地球の三地点で同時に鳴り響いたアフリカン・ドラムの鼓動と神にささげるアフリカン・ダンス。鳥肌が立つような初めての体験だった。

その鼓動にのせて、彼の魂を無事にアフリカの故国に届けたと信じる。

あの日、アフリカの風が東京の空を舞った。

コンゴでは大きな木の下にお墓をつくるという。目印になるように。

ムクナさんのお墓の大きな木は東京タワーだ。

彼はその下にある心光院というお寺の納骨堂に眠っている。世界中にいる友だちやアフリカの家族がインターネットで〝ＴＯＫＹＯ ＴＯＷＥＲ〟と検索して、いつでも彼のことを思い出してくれるように。

不思議なことに葬儀をきっかけに、私とムクナさんの友人たちとの交流が始まった。アフリカの大使館員、アフリカン諸国から来た彼の友人たち、彼はフランス人学校の仕事もしていたので、フランス人の友人とも交流が広がっていった。

葬儀では柩の中の故人に触りまくり、写真を撮りまくる彼らの死の悼み方を非常識に感じたこともあったが、付き合ううちに日本の常識は世界の非常識かもしれない、と思うようになった。

彼らは温かく正直で、誇り高い人たちだった。

カトリック教会での追悼ミサにも私は参列した。ムクナさんの追悼行事を通して、コンゴ人の神父とも親しくなり、先日もアメリカに留学中の神父とＺｏｏｍで、この本のことで相談をしたばかりである。

キリスト教では回忌法要はないのだが、家族やアフリカ人たちと一緒に、私もムクナさんの回忌法要にもずっと参加してきた。

みんなで何かと集まる理由をつけては、ムクナさんのお墓参りを続けている。それは義理で縛るものではなく、ともに偲ぶことに幸せを感じて集まる人たちの行為なのだ。集まる人の国籍も年齢も、職業もいろいろ。

ムクナさんが眠る心光院は浄土宗のお寺だが、国際的視野を持ち、理解が深い住職が他の宗教や外国人の納骨も受け入れている。

昨秋、ムクナさんの七回忌に心光院に集まり、仲間と献花して祈りを捧げた。誰かが自然に讃美歌を口ずさみ、手拍子が始まった。

アフリカ人もフランス人も一緒に歌い、美しい讃美歌のハーモニーがお寺の境内の墓地に響いた。幸せな気持ちに浸って、それを聞いていたのだが、そこに喪服姿の法事の家族が現れたのだ。

「コレはまずい！」と思って、目配せをしても歌声も手拍子も止まらない。やがて、お寺の人が小走りに寄ってきたので、「さあ、大変なことになった！」と思ったが、寺の人は別の用事があったようで、私たちに笑顔で会釈して戻っていったのだ。

これが「宗教の在り方」、「弔いの在り方」だと豊かな感動を覚えた。

帰りはみんなで、生前ムクナさんが演奏していたアフリカンレストランに行くのが恒例である。店ではいつもムクナさんの写真を掲げて迎えてくれる。

ムクナさんの演奏をCDで聞きながら、彼を偲び、自由におしゃべりを楽しむ。参加者はその時の都合もありいろいろだが、お馴染みさんもいれば、遠方から初めて参加する人もいて、毎年、賑やかな集いなのは変わらない。

みんなムクナさんを通して出会った人たちなのだ。

「ムクナがくれたご縁だよね」。なにかいいことがあると、「ムクナ風が吹いたね！」と言い合う。

ムクナさんに代わって、息子さんの成長を仲間と見守っている気持ちでいる。

亡き人を偲ぶひと時は、誰にも訪れる死への覚悟と、残された時間を精一杯に大切に生きようという一念を同時に与えてくれる。

亡き人が「生きた証」を人の出会いでつないでいくことに「追悼」の意味があることを知った。今も、この不思議な仲間との弔いが私に、「命と出会いのつながり」の豊かさを教えてくれている。

最後に、「弔う」という意味を私に教えてくれた、もう一つの話を伝えておこう。

曼殊沙華の悲しみ

中川幸夫（１９１８〜２０１２）は日本が世界に誇る香川県出身の前衛いけばな作家である。

「いけばな」の既成概念を覆した鬼才であると、その才能を誰よりも認め、恐れていたのが草月流を創設した勅使河原蒼風《てしがはらそうふう》だといわれている。
中川が丸亀から上京する時、蒼風は「恐ろしい男が花と心中しにやってきた」と語った。
その中川幸夫がいけばな作家として歩むことを決定づける原体験となった話を、早坂暁著『君は歩いて行くらん　中川幸夫狂伝』から紹介したい。

昭和19年8月11日、太平洋戦争の最中、中川の故郷、香川県丸亀市から出征していた丸亀連隊はグアム島沖でアメリカ大艦隊の猛攻撃を受けて、全員玉砕した。司令官は責任を取って自決。

幼少期に脊椎カリエスを患ったために兵役を免れ、兵事課に勤務していた中川にその悲報が飛び込んだ。彼の地元の友人、知人の多くがその戦没者となったのだ。
中川に命じられたのは、急いで千個の遺骨箱を作ることだった。
当然、入れる遺骨はない。中には奉書を入れた。それも中川が書いた。
「××××殿
昭和十九年八月十一日、グアム島にて玉砕、戦死されたり。
丸亀歩兵第十二連隊、　第三大隊長
古屋　誠　大尉」

この古屋大尉も当然、亡くなっていたが、戦死の報告は大隊長、もしくは連隊長から届けることになっていた。

この古屋大尉に中川は見込まれて、理髪師として来ないかと誘われていたのだ。もし同行していれば、彼も間違いなく玉砕の一員になっていたはずだった。

大尉の名を筆で書くたびに、中川は運命を分ける無常を感じたことだろう。

中川は心を込めて、千個の遺骨箱を作った。既に入手困難になっていた白い布を手を尽くして探し出して、遺骨箱を包んだ。

そして彼は近くの金倉《かなくら》川の土手に咲いている曼殊沙華《まんじゅしゃげ》の赤い花をかき集め、白い遺骨箱の結び目に飾ったのだった。

血の色ともいえる赤い曼殊沙華の花は、合同葬の舞台を鮮烈に飾った。

千個の白い布に包まれた遺骨箱に結ばれた赤い曼殊沙華の花。

物のない戦時下で、こんなにも豊かな心の弔いがされていたのだと、心の中にその光景が浮かんだ。

千人の戦死者の悲しみをともにする、遺族たちの言葉に出来ない口惜しさと悲しみをともに分かち合う弔いだったことだろう。

赤い曼殊沙華の花を見るたびに、私はこの話を思い出す。

おわりに

この本をお読みいただいた読者の方に、心から感謝をお伝えしたいと思う。本でつながる世界に支えられてきた私が、またこの本を通して読者の方と出会えた幸せを感じている。

また、本書を執筆するにあたり、取材にご協力いただいた方々にも深く感謝を申し上げたい。家族のことを文章化して本に掲載することに、どれほどの覚悟がいったことだろう。

それをしっかり伝えることこそ、私に与えられた責務と思った。

書き進めるうちに、家族に苦しんできた方のこうした「おみおくり」にこそ、人間としての「弔い」の本来の姿があると感じたのである。

宗教や儀式にも関係なく、遺族が故人との関係を正面から見つめ直していく姿に、「弔いの本質」が見えた気がして、心から敬意を抱き、出会いに感謝した。読者の方も本を通して「人との出会い」を感じてくれたことだろう。

人は決して一人でこの世に生まれ、一人で生きてきたわけではない。

人間は家族も含めた他者との関係の中で傷つき、また傷つけ合って生きている。遺された家族は故人の生前に分かち合えなかった傷を見つめ直し、わだかまりにそれなりのけじめをつけて、懸命に明日を生きていこうとしていた。

死に目に立ち会わなかった、葬儀にも出なかったことは、表面的な事実の違いであって、心の中でそれぞれが苦しみ、その死と向き合っているのだと思った。

日本では「亡き人を責めない」ことを美風とする社会通念が今も根強い。それが親であれば、なおのこと。

どんなに辛い過去も死とともに「水に流す」ことが良しとされる。

ならば、去り逝く人が自己の責任を遺されたものに負わせることなく、自分で背負っていく美学こそあってよいのではないだろうか？

そうしたお別れをして、この世を去りたいと思うのは私だけだろうか？

自分の家族の問題を書くのは母が不帰の人となってからと、心に決めていた。

しかし、「明日の命は誰にもわからない」と世界に知らしめた〝コロナ〟が、私の躊躇《ためら》いを振り払い、覚悟を決めさせてくれたのである。

私が躊躇っていたことは、伝えるべきことに比べたら、あまりに小さな自己保身にすぎなかったと思う。

「家族の闇」を「恥」として封印し、誰にも助けを求められず、見て見ぬふりをして家族内の問題に介入しないできた社会に救いはあっただろうか?

少子化と不妊、墓の承継問題の裏側で起きていることも知ってほしかった。程度の差こそあれ、こうした亀裂は我が家だけの問題とは思えない。

家族っていったい何なのだろう? 親の最後のつとめとは?

超高齢社会になって、平均寿命をまっとうするとなれば、子育ての時間の二倍の時間を、親は我が子が大人になってからも共にすることになる。

親が自身を振り返り、家族を見つめ直す時間はたっぷりとあるのだ。この時間をどう生きるかが、大きく家族を変えることにつながるのだろう。

子育ては自分を育ててくれた幸せな時間でもあったが、同時にこれほど大変で孤独な仕事もなかった。

降りかかる問題とひたすら闘い、無我夢中で子育てを一応終えたものの、思春期を越えても反発する我が子に、支配していないと安堵することもあれば、母への容赦ない批判の言葉に傷つき自信を失うこともある。

幼い頃、徹夜してサンタの正体をつかまえると意気込み、一つのベッドに三人仲良く並んで寝ていた我が子たちが、親の死後に断絶しないことを祈るばかりだ。

日本には日本人固有の先祖観があると本にもよく書かれている。

しかし、私はなぜか共感を持てずにいた。死生観と同じように、先祖観というものも人それそれなのではないだろうか？

しかし、この本を執筆中に知った二つの話が、初めて私の胸にストンと落ちたのである。

一つは不思議なことに、アフリカ人の神父から聞いた先祖の話だった。

「アフリカでは先祖というのは、特別な良い行いをした人や、功徳を積んで一族に繁栄をもたらした立派な人であり、誰でも死ねば先祖になれるわけではない」ということだった。

これを聞いて心が安らぎ、目が開かれた気がした。

そしてもう一つは、取材をきっかけに知った、能の傑作といわれる世阿弥作『山姥《やまんば》』の世界観だった。

能に見る「山姥」とは、輪廻転生《りんねてんしょう》から離れられずに、山から山へと巡ることで四季をも廻《めぐ》らす、自然と一体化した神秘的な存在である。

人間界に遊び、ある時には人知れずに重い荷を運ぶ人を助け、そっと機織りの女の労を担う。またある時には、警鐘を鳴らして人を戒める親しい者として描かれている。

自然への畏怖の念が別の恐ろしい存在としての、人も喰らう「山姥伝説」を生みだしたのだろう。きっと「先祖の祟り」を人が恐れたように。

輪廻転生の問題はさておき、不思議なことに私の中での先祖のイメージが、この能の親しみを感じる「山姥」にピタリと重なったのだ。

これまでにも不思議と何かに守られて、難を逃れた経験を何度もしたことがある。きっとあれは先祖が守り、注意を促してくれたに違いないと感じるのだ。

不吉なことや不幸なことが起きると「先祖の祟り」だと恐れる話を聞いて、なにか腑に落ちなかった。

たとえ我が子と分かり合うことが出来なくても、子孫を祟るのではなく、幸せを願う先祖になりたい。

たまに注意を促すために、お灸くらいは据えるにしても。

これは私個人の勝手な先祖観の解釈だが、この二つの話に救われた気がした。家族に傷つき諦めながら、どこかで遠くの先祖を信じたい自分がいる。

先祖から受け継いだ命を大事に、自分の人生を生きることこそ、何よりの親孝行で先祖供養になると信じて伝えていこうと思う。


多くの方に支えていただき、この本を書くことが出来たことに、改めて感謝を申し上げたい。取材にご協力いただいた方から、「家族について、よく考えてみたいと思った」という嬉しい感想をいただいた。

人は去り逝く日まで人生の責任は自分で背負っていく。それこそ人間としての尊厳ある最期ではないだろうか？　ぜひ、考えてみてほしい。

最後に、フリーライターの私に、初めての著書の出版という大きな機会を与えてくださった、さくら舎の古屋信吾様と、戸塚健二様に心より感謝を申し上げます。

そして、この本を手にとってくださった読者の方にも、もう一度、お礼のご挨拶を。

「この本と出会ってくださり、ありがとうございました」

橘　さつき

著者略歴

一九六一年、東京に生まれる。早稲田大学第二文学部演劇専修卒業。
日本葬送文化学会常任理事。
自身に起きた問題をきっかけに、問題を抱えた家族の葬送を取材。
「これからの家族の在り方と葬送」をテーマに執筆を続けている。

絶縁家族《ぜつえんかぞく》　終焉《しゅうえん》のとき
——試《ため》される「家族《かぞく》」の絆《きずな》

二〇二一年一二月一〇日　第一刷発行

著者　橘《たちばな》さつき
発行者　古屋信吾
発行所　株式会社さくら舎　http://www.sakurasha.com
東京都千代田区富士見一-二-一一　〒一〇二-〇〇七一
電話　営業　〇三-五二一一-六五三三　FAX　〇三-五二一一-六四八一
編集　〇三-五二一一-六四八〇
振替　〇〇一九〇-八-四〇二〇六〇

装丁　アルビレオ
カバー写真　©PIXTA
印刷・製本　中央精版印刷株式会社

ISBN978-4-86581-323-4